SHODENSHA
SHINSHO

村上春樹と夏目漱石

——二人の国民作家が描いた〈日本〉

柴田勝二

祥伝社新書

はじめに

村上春樹と夏目漱石はともに「国民作家」というべき、近現代の日本を代表する人気と評価をもつ作家です。国民作家とは世代、性別を超えた幅広い層の読者によって支持されつづける作家のことですが、大まかにいってこれには二つのタイプがあるといえるでしょう。

一つは吉川英治《よしかわえいじ》や司馬遼太郎《しばりょうたろう》のように、文字通り日本人が親しんできた歴史のなかの人物や出来事を素材として、物語世界を構築するとともに、彼らの物語によってそれらがあらためてなじみ深いものになるという循環をもたらしていった作家たちです。

もう一つは、吉川や司馬が取り上げた宮本武蔵や坂本龍馬のような、ヒーロー的な像をもつ人物を主人公とするわけでも、また戦国時代の天下取りや日露戦争のような歴史的な事象を正面から描くわけでもないにもかかわらず、作品に込められた〈日本〉に向かう意識の強さによって、「国民文学」的な扱いを受けるようになった作家たちです。

夏目漱石は後者の代表的な作家であり、その主人公たちの行動はほとんどの場合、同時代の日本の動向に対する作者の批判的な把握《はあく》を写し出しています。また村上春樹も一九七〇年代以降の日本社会に対する眼差《まなざ》しを登場者たちの姿にちりばめつつ作品を生みだしていった代表的な作家であり、この範疇《はんちゅう》に置くことができます。両者は単に明治・大正期と昭和・平成期をそれぞれ代表する人気作家であるだけでなく、時代に対する意識とその表現方法において多くの共通点をもっています。

すなわち彼らはともに国民の意識や関心を強く集めた時流のなかに身を置き、その流れが沈静化して人びとを巻き込む力を失っていく過程でその出発や成熟を遂げていった作家であり、その時代がはらむ問題を比喩《ひゆ》的・寓意《ぐうい》的なイメージを多用しつつ作品化しています。

漱石は日露戦争が続行していた明治三十八年（一九〇五）一月に『吾輩は猫である』によって作家としての出発を切り、その後の作品では、この大きな戦争が終わった後に生じる様々な物質的、精神的な問題を、主人公と彼をめぐる人間関係に託して描いていきました。

また春樹は一九六〇年代後半の、世界的な規模で生起していった反体制運動の一環でもあった学園紛争が沸騰《ふっとう》していた時期に学生生活を送り、その約一〇年後に『風の歌を聴け』（一九七九）によって出発します。『1973年のピンボール』（一九八〇）『羊をめぐる冒険』（一九八二）とつづく三部作の中心的なモチーフは、六〇年代から七〇年代にかけての時代の転換であり、昂揚感《こうようかん》のなかで若者たちが連帯しえた時代に決着をつけ、一人一人が個的な枠のなかで日々を送る醒《さ》めた時代をいかに受容し、そこであらためて自己を立て直していくかという問題が、主人公とその分身的存在との関係を軸として描かれています。

規模や意味においては大きな違いがあるとはいえ、明治時代の日露戦争も六〇年代後半の学園紛争も、いずれも社会の広範囲の層に訴えかけ、人心を収斂《しゅうれん》させる力をもった出来事でした。そしてそれらが終息することによって、個人主義的な生き方や価値観が主流となるという点において、両者の生きた時代は共通しています。

このように、漱石や春樹が作品のなかで捉えた日本社会の姿は、それが作者の想像力によって偏差を与えられたものであることを読者は知りつつも、作品に導かれつつそこに接近していくことができるわけで、そうした役割を担《にな》っている点でも、彼らはまぎれもない「国民作家」です。

本書では、こうした視点で漱石と春樹の作品世界を眺めていくのですが、こうした視点は必ずしも一般的ではないでしょう。

これまで漱石文学については「近代的自我」の探求という主題性から論じられることが多く、時代社会をどのように描くかということは、二次的な問題として扱われがちでした。また春樹の作品群は、とくに出発時のものについては「デタッチメント（乖離《かいり》、関わらないこと）」という批判が与えられがちで、社会の問題に背を向けた個人の趣味的な生活を描くといった見方がされることが少なくありませんでした。

けれどもそれもまたひとつの時代の姿であり、またこうした人物が描かれることは、近代文学の流れのなかでとくに珍しくありません。三〇歳になって働くことを拒《こば》み、趣味的な日々を送っている『それから』（一九〇九）の代助にしても、友人の死を犠牲として得た妻と二人で、社会的活動を封印したようにひっそりと暮らしている『こゝろ』（一九一四）の「先生」にしても、やはり「デタッチメント」の人物でした。

漱石も春樹も、ともに自身が生きている時代社会のあり方とその行方を作品に盛り込みつづけ、それゆえ「国民作家」的な評価を得るに至った作家です。主人公たちの「近代的自我」や「デタッチメント」の問題は、むしろそれを描くための方法的な主題性であり、それを契機として浮かび上がってくるものに眼を注ぐべきでしょう。そこには約八〇年の時間の隔《へだ》たりのなかで、この国で形を変えて繰り返されるものと、新たに生まれてきたものを、ともどもうかがうことができるはずです。

二〇一一年六月

柴田《しばた》勝二《しょうじ》

目次

第Ⅰ部　二人の出発点
それぞれの時代への眼差し

第Ⅱ部 大きな物語の後で
支配される人びとの姿を描く

第3章 「個人主義」と韓国併合への反感〈漱石〉

『それから』『門』

第4章　情報に支配される現代〈春樹〉

『羊をめぐる冒険』

第5章　「淋しさ」に至る〈勝利〉〈漱石〉

『こゝろ』

第Ⅲ部「空《から》っぽ」の世界

二人にとっての
〈ポストモダン〉とは

第6章　「空《から》っぽ」の人物たち〈春樹〉

『世界の終りとハードボイルド・ワンダーランド』『海辺のカフカ』

第Ⅳ部　未来と過去を行き来する物語
二人の込めた〈日本〉への願いとは

第Ⅰ部

二人の出発点

——それぞれの時代への眼差し

ともに個人主義者としてのイメージをもつ村上春樹と夏目漱石だが、彼らの作品世界にはいずれも同時代の〈日本〉の姿が明瞭に描き出されている。

春樹は一九七〇年という年を境として、六〇年代後半の情念的な昂揚の時代が終息し、散文的な醒めた空気が支配的になっていく様相を、一方、漱石は、日露戦争後の日本を主人公に寓意的に託す形で、明治時代後半の日本の姿を写し出していった。

第I部では、初期の作品を中心に、二人がどのように同時代の〈日本〉を捉えていたのかを見ていく。

第1章 「真」を捉えようとする表現〔漱石〕

『吾輩は猫である』『坊っちゃん』

『吾輩は猫である』が写す時代

夏目漱石の処女作『吾輩は猫である』の第一章が「ホトトギス」に掲載されたのは明治三十八年（一九〇五）一月一日でした。知られるように、『吾輩は猫である』は当初一回限りの予定で発表されたにもかかわらず、好評の声に後押しされて翌明治三十九年（一九〇六）八月まで掲載がつづけられ、現在の分量にまでふくらんでいったものです。

第一章として位置づけられることになる最初の稿が書かれていた明治三十七年（一九〇四）十二月は、戦争の帰趨《きすう》を大きく左右した旅順《りよじゆん》における攻防がおこなわれていた時期であり、この月の四日に日本軍は旅順攻略の要《かなめ》と見なされる二〇三高地を陥落させ、その後も攻勢を強め、翌明治三十八年一月一日に、旅順のロシア軍は降伏《こうふく》するに至りました。

ちょうどその日に『吾輩は猫である』は「ホトトギス」誌上に最初の登場を果たし、それ以降全体の分量の三分の一強が、戦争の進行とともに書き継がれていくことになります。日露戦争との並行関係は、ポーツマス講和条約が締結される明治三十八年九月までつづき、三十八年七月刊行の号に掲載された第五章が最後の重なりとなりましたが、この章では猫の「吾輩」は日本海海戦での大勝に刺激されて、台所で鼠《ねずみ》を捕ろうと奮戦するものの、一匹の戦果を上げることもできずに終わってしまうのでした。ロシアのバルチック艦隊を撃破した日本海海戦がおこなわれたのは、明治三十八年五月二十七、二十八日であり、『猫』における描写はこの海戦の戯画《ぎが》化であるとともに、作者漱石による迅速《じんそく》な取り込みでもありました。

この戦争を遂行するために、増税やそれにともなう物価の騰貴《とうき》、あるいは国債の引き受けといった負担が増大していき、国民生活は窮迫《きゅうはく》を強いられますが、反面新聞等による戦勝の報道は国民の志気をかき立て、提灯《ちょうちん》行列や祝賀会が各地で催《もよお》されることになりました。しかし、南樺太《からふと》の領有にとどまったポーツマス講和条約によって、その昂揚感が一気に失望感と政府への憤懣《ふんまん》へと転化し、日比谷《ひびや》焼討事件をはじめとする各地での抗議行動となって噴出することになります。

ここから日露戦争の〈戦後〉の時代が始まり、漱石は主としてこの時代において作家としての成熟を遂げていきます。

山崎正和《やまざきまさかず》は『不機嫌の時代』（新潮社、一九七六）において、日露戦争の終焉《しゅうえん》によって日本人が無条件に自己の感情を同一化しうる対象を失い、かといって個人主義的な生き方が確立されているわけでもないために、国家にも個人にも居場所を見出すことができずに曖昧《あいまい》にたゆたう「不機嫌の時代」に入っていったという論を提示しています。これは巨視的な観点としては妥当性をもつものの、微視的に眺めるならば、時代感情が日露戦争を境としてそれほど明瞭に変化したわけではありません。

すなわち、ポーツマス講和条約への失望と憤懣は、ある意味では国民の昂揚感の裏返しでもあり、戦前には圧倒的な不利が予想されたロシアとの戦争に勝利を得たことは、日本人に自信をもたらし、諸外国の日本に対する認識を改めさせることになりました。

また終戦の翌年の明治三十九年には南満州鉄道いわゆる満鉄の創業をはじめとする企業熱の勃興があり、紡績業や製糖業においても増資、合併による大規模化が進められました。満鉄は単に鉄道の経営にとどまらず、それ以降、日本の満州における帝国主義的拡張を担《にな》う拠点となります。さらに前年の十二月には韓国統監府が設置されており、伊藤博文《いとうひろぶみ》が初代統監として赴任《ふにん》し、韓国の「保護国」化が推《お》し進められることになりました。

こうした形で、明治三十八年から三十九年にかけては、国全体としてはある種の活気に溢《あふ》れた時期でした。田山花袋《たやまかたい》は自伝『東京の三十年』（一九一七）で「戦争のすつかり了《おわ》つた翌年」すなわち明治三十九年の世相について、「償金は取れなかつたが、社会は戦勝の影響で、すべて生々として活気を帯びてゐた」と記しています。

また谷崎潤一郎《たにざきじゅんいちろう》の『幇間《ほうかん》』（一九一一）もこうした空気を伝える作品として眺められます。この作品は「明治三十七年の春から、三十八年の秋へかけて、世界中を騒がせた日露戦争が漸《ようや》くポオツマス条約に終りを告げ、国力発展の名の下に、いろいろの企業が次々と勃興して、新華族も出来れば成り金も出来るし、世間一帯が何となくお祭りのやうに景気附いて居た明治四十年の四月の半ば頃の事でした」という一文に始まり、兜町《かぶとちょう》の相場師であった男が職業的な幇間に転身していく顚末《てんまつ》が語られています。

厳密にいえば、明治四十年（一九〇七）の初頭に株式の暴落があり、企業熱も急速に冷却していったので、「明治四十年の四月の半ば頃」が「お祭りのやうに景気附いて居た」というのは正確ではありません。しかし田山花袋の記述とともに、少なくとも日露戦争後の空気が一律に「不機嫌」に陥《おちい》っていったのでないことの傍証とはなるでしょう。

それは漱石の作品からもうかがうことができます。明治三十九年に書かれた『坊つちやん』（一九〇六）は、江戸っ子の主人公による歯切れのよい語り口で展開していきますが、彼の威勢のよい喧嘩《けんか》っ早さは、ロシアとの戦争という〈喧嘩〉に勝ったばかりの日本の〈威勢〉のよさの反映としても受け取られるのです。

これから眺めていくように、漱石の作品において主人公は、ほとんどつねに近代日本の暗喩としての側面をはらみ、その作中での行動や振舞いは、同時代の日本の政治的な動向を写し出しています。現に『吾輩は猫である』においても、先に述べたとおり第五章における「吾輩」の鼠を捕らえようとする奮闘は、日本海海戦の戯画的な表象として語られていました。

漱石の作品に現われる人物間の対立や葛藤《かっとう》は、多くの場合、日本が西洋やアジアとの間にもつ拮抗《きっこう》的な関係の寓意化であり、事実『坊つちやん』の主人公は「成程《なるほど》世界に戦争は絶えない訳だ。個人でも、とどの詰りは腕力だ」という表現で、人間間の対立と国家間の対立を「腕力」による物理的な衝突として重ね合わせています。

「猫」としての日本と漱石の憂鬱《ゆううつ》

主人公ないし語り手と日本の比喩的な重なりは、『吾輩は猫である』の冒頭における「吾輩」の位置づけにすでに明瞭でした。「吾輩」は「吾輩は猫である。名前はまだ無い」と語り出しますが、そこには少なくとも二つの寓意が込められています。

一つは創作への意欲を早くからもち、俳句作者としてはある程度知られながらも、小説の書き手としてはまったく〈無名〉であった漱石自身です。

それを示唆《しさ》するように、二章の冒頭は「吾輩は新年来多少有名になつたので、猫ながら一寸《ちよつと》鼻が高く感ぜらるゝのは難有《ありがた》い」という文で始まっています。これは『ホトトギス』に掲載された初回分が好評を得たことを物語っており、書簡（皆川正禧《みなかわせいき》宛、一九〇五・一・一三付）に「君が大々的賛辞を得て猫も急に鼻息が荒くなつた様に見受候。続篇もかき度抔《たくなど》と申《もうし》居候《おり》」と記されていることなどからも、「猫」である「吾輩」が創作家としての漱石の自我に相当する存在であることが分かります。

〈無名〉性を担う「吾輩」に込められたもう一つの寓意は、国際社会においていまだ十分な認知を得ていない国としての〈日本〉です。四年前のイギリス留学中の日記には日本について西洋人の「大部分ノ者ハ驚キモセネバ知リモセヌナリ」（一九〇一・一・二五）というのが現実であると記されていますが、日露戦争を戦っている時点においてもその状況に変わりはなく、だからこそ、その東洋の小国が大国のロシアに負けなかったことが世界を驚かせたのでした。

「吾輩」が〈日本〉の寓意であることは、彼が自身を東郷平八郎《とうごうへいはちろう》に擬しつつ、ロシア軍の矮《わい》小《しょう》化である鼠との〈戦い〉をおこなうことにも明らかですが、彼が対峙《たいじ》しているのは台所の鼠たちである以前に、横暴な態度を見せる人間たちでもあります。

この構図は、第一章にとくに強く打ち出されており、自分をもてあそぶ苦沙弥《くしゃみ》の家族たちの振舞いに接して「吾輩は人間と同居して彼等を観察すればする程、彼等は我儘《わがまま》なものだと断言せざるを得ない様になつた」という感慨が語られています。そして近隣の猫たちから聞かされる人間たちの横暴の数々についてもいちいち納得し、「いくら人間だつて、さういつまでも栄える事もあるまい。まあ気を永く猫の時節を待つがよからう」という未来への期待によって憤懣をなだめようとしています。

ここで「猫」に対比されている「人間」とは、小森陽一《こもりよういち》が『漱石を読みなおす』（ちくま新書、一九九五）で、『猫』における両者の対比を「「進化」の文脈におきかえれば、西欧とアジア・アフリカ、白色人種と有色人種との関係にもなります」と述べているように、端的に日本人に優越する存在としての〈西洋人〉のことにほかなりません。

漱石が生きていたのは、生物の進化の到達点に人間が現われたのだとする進化論が、新しい世界観として支持されるようになっていた時代であり、この理論は西洋人が進化の頂点に位置するという差別の根拠としても機能することになりました。

その時代にイギリスに滞在することで、漱石は日本への差別的な無関心を受け取り、憂鬱を深めざるをえなかったわけですが、こうした時代背景を考慮すれば、人間の猫に対する横暴さとは、とりもなおさず日本を含むアジア・アフリカ諸国に対する、西洋諸国の侮蔑《ぶべつ》的な眼差しと侵犯的なおこないを指していることが分かります。

その一例として挙げられている「我等が見付た御馳走《ごちそう》は必ず彼等の為に掠奪《りゃくだつ》せらるゝのである」という振舞いにしても、日清戦争後の下関《しものせき》講和条約で日本に割譲されることになった遼東《りょうとう》半島の還付を強いられた、ロシア・ドイツ・フランスによる「三国干渉」と、その後その地にロシア自身が進出していった展開を指していることが推察されます。

したがって「いくら人間だつて、さういつまでも栄える事もあるまい。まあ気を永く猫の時節を待つがよからう」という「吾輩」の期待は、当然〈日本人〉としての期待と矜持《きょうじ》の表明として読み換えることができるのです。

漱石が表現しようとした「真」とは

ここで見直しておく必要があるのは、夏目漱石が自我やエゴイズムといった近代人の内面の問題を追求した作家であるという見方でしょう。

とくに戦後の漱石研究の系譜においては、儒教的な価値観と近代的な教養の狭間で、個人の自我を尊重しつつ同時にそれを悪として受け取ってしまう人間の意識を描いたとする江藤《えとう》淳《じゅん》や、しばしば見出される作品の展開の亀裂《きれつ》が、自然と倫理の間で揺れ動きつつ引き裂かれる人間の実存の反映であるとする柄谷行人《からたにこうじん》に見られるような、内面の探求を焦点化する漱石観が主流をなしてきました。

こうした捉え方が当を得ていないというつもりはありませんが、漱石の世界を考える上であらためて注意を払うべきなのは、その創作に対する発言と作品内容との関わりです。漱石は数多くの評論や講演、エッセイを残しているだけでなく、そこで語られている自身の理念にしたがって作品を書いており、その間にはきわめて有機的な連関が存在します。

『吾輩は猫である』で創作に向かおうとする本来の自己が託された猫の「吾輩」が、〈日本〉の寓意としても存在していたように、漱石の作家としての関心事は第一に、自身の生きる国家とその社会のあり方をつかみ取ることにありました。

それはその創作の理念を語った言説から明瞭にうかがわれます。東京朝日新聞社に入社した翌年の明治四十一年(一九〇八)におこなわれた講演「創作家の態度」では、「創作家」のあり方について、以下のように語られています。

夫《それ》で創作家の態度と云《い》ふと、前申した通り創作家が如何《いか》なる立場から、どんな風に世の中を見るかと云ふ事に帰着します。だから此《この》態度を検するには二つのもの丶存在を仮定しなければなりません。一つは作家自身で、かりに之《これ》を我と名づけます。一つは作家の見る世界で、かりに之を非我と名づけます。是《これ》は常識の許す所であるから、別に抗議の出様訳《でようわけ》がない。

ここで漱石が「常識」として語っているものは、日本の近代文学の系譜においては必ずしも「常識」ではありませんが、漱石にとってはそれほど自明の事柄です。

漱石は「創作家」の職務が、自身の心的、感覚的体制である「我」によって、「非我」の世界としての「世の中」の本質を捉えることにあると主張しています。そして「如何なる立場から、どんな風に世の中を見るか」という「創作家」の課題は「真」という価値に収斂《しゅうれん》され、現実世界における「真」をより効果的に表現するために、「主観即ち五感」は「美、善、壮に対する憧憬を維持するか涵養《かんよう》するか助長するかが目的」であるとされます。

この「真」という価値の重視は、前年におこなわれた講演「文芸の哲学的基礎」（一九〇七）においても語られていて、「現代文芸の理想が美にもあらず、善にもあらずまた荘厳にもあらざる以上は、其理想は真の一字にあるに相違ない」と断言されています。

忘れるべきでないのは、二つの講演で強調されている「真」は、人間の内奥の真実といったことではなく、あくまでも「非我」という客観的世界における「真」であるということで、それを「我」が修辞的に表出することで、表現の個性がもたらされるのです。

この外部世界を客観的に捉え、そこに自身の情緒、情感による色付けを施《ほどこ》しつつ表現するという方法は、漱石の文学研究の主著である『文学論』（一九〇七）の冒頭に掲《かか》げられた「F＋f」の式に相当します。

漱石によれば、対象の観念的焦点であるFと情緒的要素であるfの結合によって文学表現は成立するとされます。したがって、前者のみしかない場合は数学の公式のような観念的把握に、後者しかない場合は漠然とした恐怖や驚きのような感情そのものになってしまうことになります。

重要なのは『文学論』において、このFとfが必ずしも一つの意味に固定されておらず、多様な意味づけで用いられているということです。たとえば冒頭からの流れを受けて展開される第一編第一章「文学的内容の形式」においては、Fは「攘夷《じょうい》、佐幕、勤王」といった時代的関心として用いられたり、「一瞬の意識に於《お》けるF」といった、本来個人のfに相当するはずの対象について用いられたりします。

こうした揺れは、『文学論』がもともとイギリス留学中になされた文化・文明論的な考察を英文学論として書き直すことによって成ったために、当初の性格をかなり残存させていることによるものです。『文学論ノート』としてまとめられているこの留学中の考察の内容は、世界のなかで日本の歴史や社会・文化がどのように位置づけられるかといった文明論的な性格を強くもち、具体的な文学作品への論及は限られています。

そこではFは主として社会を流通する関心として用いられており、fはそれを分有する個人の関心として意味づけられていることが多いのです。現に『文学論ノート』には「F＝n・f」という等式も見られ、fの集合がFであるとして考えられていたことをうかがわせています。

『坊っちゃん』と日露戦争

漱石が創作において追求した外部世界の「真」を描くという課題は、『文学論』の議論に即していえば、集合的関心としてのFにおける核心を摘出するということであり、具体的な次元においては、漱石が生きる明治から大正にかけて生じた日本の社会的潮流に見出される「真」を作品に描き出すということになります。

エッセイ「マードック先生の日本歴史」（一九一一）で、「維新の革命と同時に生れた余から見ると、明治の歴史は即ち余の歴史である」と記されるように、漱石のなかには明治日本と自己の歩みを同一化しようとする気持ちが強くあり、その関心はもっぱら、維新以降の日本が近代国家として西洋諸国と比肩しうる成熟の域に達することにありました。反面現実は、日英同盟を結び、日露戦争に勝利しても、一向に日本がその域に達しているとは思われなかったため、その状況に漱石は焦慮《しょうりょ》せずにいられませんでした。

イギリス留学時においても、ロンドンの下宿で疎外感と孤独感に苛《さいな》まれつつ過ごしながら、漱石はいまだ西洋諸国との接触に「狼狽《ろうばい》」する段階にある日本が「真ニ目ガ醒《さめ》ネバダメダ」（一九〇一・三・一六）という警世の言葉を日記に書きつけていました。この批判意識はそれ以降も漱石の内に持続し、創作活動にモチーフを投げかけつづけますが、明治三十九年

（一九〇六）の「断片」に記された次のような記述は、その一端を物語っています。

明治ノ三十九年ニハ過去ナシ。単ニ過去ナキノミナラズ又現在ナシ、只未来アルノミ。青年ハ之ヲ知ラザル可《べ》カラズ

遠クヨリ此四十年ヲ見レバ一弾指《だんし》ノ間ノミ。所謂《いわゆる》元勲ナル者ハノミノ如ク小ナル者ト変化スルヲ知ラズや。明治ノ事業ハ是カラ緒《しょ》ニ就クナリ。今迄ハ暁幸《ぎょうこう》ノ世ナリ。準備ノ時ナリ。

（圏点原文）

ここに見られるように、漱石にとっては、明治三十九年の日本は「準備ノ時」を終えたばかりの未成熟な国家にすぎず、その国がいかにして「未来」において近代国家として成熟していけるかどうかが課題なのです。この問題意識は、引用した「断片」の記された明治三十九年に発表された『坊っちゃん』によく反映されています。

「断片」の記述における「日本」が、近代化の準備段階を終えたばかりの未成熟な国家であるように、主人公の坊っちゃんは物理学校を終えて地方都市の中学校に数学教師として赴任

したばかりの新米の社会人でした。彼は、その場その場での周囲からの働きかけに反射的に応じて衝突を起こしがちであり、教師は人の範たらねばならないという校長の訓話に対しても、自分はその任に耐えないと応《こた》えて、その場で職を辞そうとしたりします。

こうした振舞いは、竹を割ったような爽快さとして印象づけられる一方、教員会議で発言のために起立したものの、満足な弁舌を振るうこともできずに失笑を買ってしまったりする姿は、やはり彼の社会人としての未成熟さを露呈しています。こうした未成熟な人物を、直情径行の愛すべき存在として描出できるのは、漱石の小説家としての手腕によるものですが、その根底には、この人物を同時代の日本とともに相対化する冷静な眼差しがあります。

それを端的に物語るのが、作品と主人公に与えられた「坊っちゃん」という呼称です。三九歳であった漱石が、「二十三年四ヶ月」の青年を主人公とし、さらに彼に少年を意味する「坊っちゃん」という呼称を与えているのは、白地の時間を未来にもちながら、いまだ〈端緒〉の段階にしかない存在として彼を捉えようとした表現です。

坊っちゃん自身は、敵対する教頭の赤シャツの腹心的存在である画学教師の「野だいこ」が、彼のことを「勇み肌の坊つちやん」と呼ぶのを耳にして激怒するように、この呼び方を好んでいませんが、それは日露戦争後の日本が、漱石の眼には未成熟な近代国家であったにもかかわらず、「一等国」を自認しようとしていたズレと照応しています。

こうした設定だけでなく、日露戦争終結の翌年に書かれたこの作品には、まさにそこに至る近代日本の軌跡が凝縮《ぎようしゆく》して表象されています。平岡敏夫《ひらおかとしお》が『「坊つちやん」の世界』（塙書房、一九九二）で指摘するように、松山に重ねられる四国の街を舞台とするこの作品は、漱石自身の松山中学での教師経験というよりも、その五年後に訪れるイギリスへの留学経験を下敷きとする側面の方が強いといえます。

周囲の人間につねに監視されているように思う坊っちゃんの被害妄想的な感覚も、漱石がロンドンで陥っていた精神状態と連続するものであり、また坊っちゃんが四国の街とその人びとに対して抱く敵愾心《てきがい》も、漱石を〈イギリス嫌い〉にしたロンドンでの強い違和感と相似形をなしています。

したがってこの地の中学校を牛耳《ぎゆうじ》っている教頭の赤シャツとは、彼が〈西洋かぶれ〉であることが物語っているように、日本が対峙していた西洋列強の寓意であり、終盤で描かれる赤シャツとの戦いとは、すなわち前年に終結した日露戦争の比喩をなしています。しかも作品の舞台のモデルである松山は、当時ロシア兵の大規模な捕虜収容所があったことで内外によく知られており、現実に〈ロシア〉と強く結びつく文脈をもっているのです。

また、坊っちゃんが赤シャツを私憤を晴らす標的に見定めたのは、彼が英語教師の「うらなり」から婚約者である「マドンナ」を奪い取ったからでしたが、坊っちゃんがつねに肩入れをしようとするこの人物は、まさに坊っちゃんの〈裏〉としての分身にほかなりません。彼が気弱でおとなしい人間として描かれるのは、とりもなおさず西洋諸国に対して弱腰でしか相対しえない、近代日本の否定的な側面を託すためでした。そして彼が失うことになった婚約者のマドンナとは、『吾輩は猫である』で人間に召し上げられることになる、猫が見つけた「御馳走」と同じく、三国干渉の結果返還させられることになった遼東半島の寓意と見ることができます。

その寓意は、現実にそうした比喩を含む歌が作られていたことからもうかがわれます。日露戦争時の明治三十八年（一九〇五）に作られ、「箱入娘の歌」と題された歌の歌詞では、遼東半島の要所である旅順が、美しい「自慢娘」に譬《たと》えられ、この娘が三国干渉後の経緯によって「今ぢやロシアの箱入娘」になっているとした上で、今度の戦争において「落ちぬ靡《なび》かぬ名代の娘　日本男子が落して見せう」という文句が後の歌詞に盛り込まれています。

この歌がどれほど知られていたかは別として、こうした内容が描かれているということは、少なくとも旅順を「箱入娘」に譬える比喩が一般的に了解されるものであったことを物語っています。しかもこの歌の作者は、文学者であり軍医であった森鷗外《もりおうがい》であり、だとすれば一方で漱石が、旅順を含む遼東半島を「マドンナ」に見立てたとしても、別に不思議ではないでしょう。

倒幕派としての漱石

『坊つちやん』の終盤で、坊っちゃんと山嵐が共闘して赤シャツ、野だいこに制裁を加える場面は、従来、幕府方の会津藩が薩摩・長州を中心とする新政府軍に敗れた戊辰《ぼしん》戦争の意趣返しとして捉えられがちでした。それは山嵐が会津の出身であることから、彼と手を組む坊っちゃんはその共感者としての佐幕派となり、したがって彼らが対決する赤シャツらは薩長の比喩であることになるからです。

けれども漱石のなかに、戊辰戦争を作中で表象しなくてはならない動機はないというほかありません。『坊つちやん』が発表された同年の「断片」に「明治ノ三十九年ニハ過去ナシ。単ニ過去ナキノミナラズ又現在ナシ、只未来アルノミ」と記しているように、漱石はつねに未来に向かう流れのなかで自身と国のあり方を考えようとする文学者でした。

またそのために、漱石には江戸時代に対する懐旧的な感情がほとんどありません。そうした傾向をもつ文学者が、四〇年近く前におこなわれた国内の戦いを、徳川幕府の側に立って作中に盛り込むというのは考えがたいことです。

すると近代日本の比喩である——つまり薩長の側にいる——坊っちゃんが、会津出身の山嵐と共闘することが何を意味するのかということになりますが、むしろそこにこそ、漱石の未来志向の眼差しが込められています。すなわち薩長対会津といった国内的な反目を乗り越えて連帯する度量がなければ、イギリスやロシアといった西洋列強に対峙しえないという認識が、漱石の内に抱かれていたことが示唆されるからです。

現実的な観点からいっても、薩長と会津が共闘することはとくに矛盾した設定ではありません。『佳人之奇遇《かじんのきぐう》』（一八八五〜九七）の作者である東海散士《とうかいさんし》こと柴四朗《しばしろう》の弟である柴五郎《ごろう》は会津の出身でありながら、薩長出身者が大勢を占める陸軍にあって、日露戦争時には砲兵連隊長として勇名をはせ、後に陸軍大将にまで昇進した軍人でした。他には戊辰戦争で会津方として戦いながら海軍大将となった出羽重遠《でわしげとお》や、やはり戊辰戦争の参加者で海軍中将になった角田秀松《つのだひでまつ》といった人びとも存在します。

このように考えると、『坊つちやん』における坊っちゃんと赤シャツの対立を戊辰戦争になぞらえたりする着想の基底にある、漱石を佐幕派として捉える見方にも、疑念を呈せざるをえなくなります。

これまで多くの論者によって、漱石は佐幕派の文学者として眺められてきました。文化史家の木村毅《きむらき》は明治文学を「幕府方の産物」と見なし、薩長勢力によって疎外されがちであった地方に流れる批評精神が、漱石を含む逍遙《しょうよう》、二葉亭《ふたばてい》、透谷《とうこく》、一葉《いちよう》といった明治期の文学者たちを貫いているという評価を述べていました（『新文学の霧笛』至文堂、一九七五）。平岡敏夫はその見方を引き継ぐ形で『漱石　ある佐幕派子女の物語』（おうふう、二〇〇〇）という、文字通りの表題をもつ著作をはじめとして、漱石＝佐幕派の図式を繰り返し提示しています。

平岡のいう佐幕派とは、要するに時の権力におもねらない反骨精神の主体を指しています。こうした精神が漱石において強く打ち出された、代表的な作品として言及されるのが『坊っちゃん』であったわけです。小谷野敦《こやのとん》の『夏目漱石を江戸から読む』（中公新書、一九九五）においても、坊っちゃんが佐幕派武士の形象とされ、彼が対峙する赤シャツとその腹心的存在である「野だいこ」が、武士的なものを滅ぼしていった「近代化政策」を象徴する存在とされていました。

漱石に関するエッセイを多く世に送っている作家で歴史研究家の半藤一利《はんどうかずとし》も、漱石を佐幕派に分類する論者の一人です。半藤は薩長出身者を中心とする明治政府が「東京のここかしこで大手をふっている忌々《いまいま》しくも、厭な時代」に漱石は少年時代を送ったとし、それを「佐幕派の漱石は一敗地に塗《まみ》れた」と表現しています（『漱石先生お久しぶりです』平凡社、二〇〇三）。

こうした論者に共通するのは、漱石が薩長政府によって推し進められる近代化のあり方に批判的であったために、反薩長＝佐幕派として位置づけられるという論理です。漱石が日本の近代化の進展に批判的であったことは事実ですが、しかしその姿勢に「佐幕派」という言葉を充てるのは誤解を招く表現です。

なぜなら先の引用でも見たように、漱石は未来志向の文学者であり、明治の近代化が批判されるべきものであったとしても、それはその近代化の達成が不十分だからであり、そこから江戸、徳川的なものに回帰する着想は出てこないからです。それを傍証するように、鷗外と違って漱石は江戸時代を舞台とする作品をまったく書いていません。

むしろ漱石は繰り返し薩長の倒幕派に対する共感を表明しており、反面〈江戸〉や〈徳川〉に対してはきわめて侮蔑的です。作家としての出発を切っていた明治三十九年（一九〇六）十月二十三日付けの鈴木三重吉《すずきみえきち》宛の書簡で漱石は「命のやりとりをする様な維新の志士の如き烈しい精神で文学をやって見たい」と述べていますが、「維新の志士」が幕臣ではなく薩長の倒幕派を指していることはいうまでもありません。

また『文学論ノート』においては、漱石ははっきりと倒幕派の精神を肯定する評価を書きつけています。漱石は西洋諸国にはるかに立ち後れていた「維新前」の地点から、それらを追随しうることが可能になった「現在」にかけての「方向転換ヲ率先シテ断行セル人々ニ謝セザル可《べか》ラズ此等《これら》ノ人ノ断行ハ意識的ニ今日ノ運命ヲ作リ出セルナリ」と記しています。「方向転換ヲ率先シテ断行セル人々」とはやはり薩長の倒幕派を指し、漱石は彼らに「謝セザル可ラズ」という感慨を覚えているのです。

もちろんこの記述が、イギリス滞在中という西洋と日本の落差に直面している状況で書かれたという条件を割り引いて考えねばならないにしても、少なくともこの時点で、漱石が幕府を支持する側にいなかったことは疑えません。

こうした漱石の心性は帰国後も持続していき、晩年に近い大正三年に書かれたエッセイ「素人と黒人《くろうと》」（一九一四）では、「日本の歌舞伎芝居といふものを容赦なく攻撃」する漱石に対して、弟子の小宮豊隆《こみやとよたか》が歌舞伎弁護の論を語ろうとすると、漱石はそれに取り合わず、次のような反応を示しています。

自分は幕府を倒した薩長の田舎侍が、どの位旗本よりも野蛮であつたか考へて見ろと云つた。そんな弁護をする人は恰《あだか》も上野へ立て籠《こも》つて官軍に抵抗した彰義隊《しょうぎたい》の様なものだと云つた。羅馬《ローマ》を亡ぼしたものは要するに野蛮人ぢやないかとも云つた。

このくだりは一見「薩長の田舎侍」が「旗本よりも野蛮であった」ことを批判しているようにも見えますが、もちろん事実は逆です。「そんな弁護をする人」が歌舞伎を擁護しようとする小宮である以上、「野蛮」は当然、長い歴史をもつ伝統文化を一蹴しようとする漱石の側に帰せられます。

つまり大正期に至っても、漱石は自身を「薩長の田舎侍」に見立てようとしており、彼らに想定される「野蛮」なエネルギー――『坊つちやん』の主人公はまさにそれを体現しています――こそが時代の変革をもたらしたと考えていることが察せられます。

歌舞伎という江戸時代の代表的な芸能に対して漱石は総じて冷淡であり、歌舞伎狂言を見た感想を記した明治四十二年（一九〇九）五月十二日の日記では、漱石はこうした文化を生み出した江戸時代について「徳川の天下はあれだから泰平に、幼稚に、馬鹿に、いたづらに、なぐさみ半分に、御一新迄《まで》つゞいたのである」と罵倒《ばとう》しているのです。

「醜《みに》くい」ものを描かざるをえない理由

漱石がこうした倒幕派的な心性をもっていたことと、日本の近代化を推し進めてきた薩長政府に対して批判的であったことは別に矛盾しません。むしろ薩長政府に批判的であったために、幕末の構図に関しては倒幕派的な立場を取っていたのだともいえます。

なぜなら薩長政府に批判的であるということは、現行の政治体制に対して異議を唱えようとする姿勢にほかならず、それを幕末の構図に当てはめれば、既存の体制としての徳川幕府への否認という形を取ることになるからです。

もちろん江戸時代の末年に生まれ、幕末の抗争を経験していない漱石が、佐幕、倒幕という幕末の図式自体に対するこだわりをさほど強くもっていたわけではないでしょう。『坊っちゃん』の主人公にしても、彼が倒幕派の文脈を強く備えているのは、結局その勢力によって近代日本が作られてきたからです。漱石の眼目はもっぱら、近代日本の形象としての主人公の輪郭《りんかく》や行動に託す形で、自国をめぐる国際関係を、批判を交えつつ表象することにありました。

坊っちゃんが赤シャツに制裁を加えたところで、中学校から追い出されるのは赤シャツではなく、坊っちゃんの方であり、そこから日本が日露戦争に勝って「一等国」になったところで、国際社会の覇権の構造に変化はないという漱石の醒めた認識が見て取れます。それがこの作品に漱石が込めた「真」の形でした。

また、彼が東京に戻った後に「街鉄《がいてつ》の技手」になるという帰結には、彼に込められた近代日本が「喧嘩」すなわち戦争の主体から脱却し、産業技術の担い手になるという転換が示唆されており、現実に日本はその約四〇年後に訪れる太平洋戦争の敗戦によって、その道を選び取ることになります。

そこにも漱石の未来志向的な眼差しが作動していることが見て取れますが、逆にいえばそれほど日本の現況に変化が求められていたということでもあります。

漱石の希求は晩年に至るまで、第一に日本が戦争や侵略といった方法によらずに、成熟した近代国家になることにありましたが、日露戦争が終結し、戦勝の昂揚感が冷めた後も、現実の日本はそれとは違う方向にしか進んでいきませんでした。それを反映する形で、漱石の作品世界では批判すべき対象としての日本の姿が繰り返し作品に現われることになります。

いいかえれば、それだけ漱石が自国に対する強い愛着と執着をもちつづけたわけで、それが漱石を近代最大の「国民作家」にすることになりました。

先に見たように、漱石の創作の主眼は、「非我の世界」としての外部世界における「真」を摑み取って作品に表象することにありましたが、その「真」は当然美しいものとはなりにくいことになります。そのことを漱石はよく認識しており、「創作家の態度」で漱石は次のような言葉で「真」を探求する者が、自分の好む美しいものを対象としがたいことを語っています。

苟《いや》しくも真を本位として筆をとる以上は好悪《こうお》の念を挟む余地がない事になります。従つて取捨はないと一般に帰着致します。たとへば隣りに醜くい女がゐる。見ても厭《いや》になると仰《おつ》しやる。それはどうでも御随意でありませうが、いくら醜くつても何でも現に居るものは居るに相違ありません。醜くいから戸籍に載せないとなつた日には区役所の調べは丸で当にならない事になります。偽りになります。気に喰《く》はない生徒だからと云つて点数表から省いたら、学校程信用の出来ない所はなくなるでせう。してみると、真を写す文字程公平なものはない。

この一節には、漱石の創作の理念が端的に写し出されています。すなわち「非我の世界」の「真」を描き出そうとするならば、「醜くい」ものや「気に喰はない」ものにも眼を向けねばならないのであり、むしろそれが描写の焦点をなすことにもなります。

そして創作において漱石が捉えようとしたものが同時代の「世の中」であり、またそれが批判を向けねばならない対象であった以上、その「気に喰はない」至らなさが、作品で焦点化されることになるのです。

その結果漱石が描き出したものは、主として日露戦争後の日本の「醜くい」状況になりましたが、そこで基調となる〈終わり〉のあり方は、〈二重化〉せざるをえません。すなわち戦勝の昂揚感は、明治四十年以降の不況の本格化とともに次第に消失し、山崎正和のいう「不機嫌」的な沈滞の気分が人びとを覆っていく一方で、国家次元におけるアジア諸国への帝国主義的な侵攻は止むことがなく、とくに韓国の植民地化が推し進められていきます。

その点で国民の人心を収斂させた出来事が終息した気分と、にもかかわらず終わらない帝国主義の趨勢《すうせい》が折り重なっていたのが、明治四十年代の日本の様相であったといえるでしょう。この時代に漱石は、明治四十年（一九〇七）の東京朝日新聞社への入社を契機として作家専業となり、時代の「真」を捉える力作を次々と世に送り出していくことになるのです。

第2章　混在する時間――六〇年代と七〇年代〈春樹〉

『風の歌を聴け』『1973年のピンボール』

転換点としての一九七〇年

夏目漱石と村上春樹の出発点には、ともに日露戦争や学園紛争を含む反体制運動といった、時代意識の形成に大きくあずかった契機が存在するものの、それに対する関わり方は二人の作家の間で隔たりがあります。

前章で述べたように、漱石が『吾輩は猫である』（一九〇五〜〇六）によって作家としての出発を切った時、日露戦争はまだ続行中であり、国民の意識・関心はそこに強く収斂《しゅうれん》されていました。アメリカの仲裁もあって紙一重の勝利を得たこの戦争の余韻が冷めていき、戦費の調達のために膨大な借金を抱えた日本が不況に呑み込まれていくとともに、国家の流れに同一化しえない乖離《かいり》の感覚が国民の間で強まっていくのは、漱石が東京朝日新聞社に入社し、作家専業の道を歩み始めた明治四十年（一九〇七）頃からでした。

一方、村上春樹が一九七九年に『風の歌を聴け』で群像新人文学賞を受賞して作家として出発した時点では、この作品の時間である一九七〇年から約一〇年が経過していました。春樹自身が直接関与したわけではないにしても、そこに強いシンパシーを抱いていた六〇年代後半の反体制運動の流れはすでに終息しており、この作品とそれにつづく『１９７３年のピンボール』（一九八〇）では、一九七〇年という年がその転換期として括《くく》り出されています。

この二作を底流するものは、一九六〇年代が終わることによって、若者たちが体制や権力に抵抗する情念的な昂揚感を共有しつつ連帯することのできた時代が終わり、それぞれが個的な生活を営む時代へと移行していったという感慨です。

とくにそれが強く前景化されているのが『１９７３年のピンボール』で、前作の時間的舞台である一九七〇年の三年後に設定されたこの作品では、業務的な翻訳を生業とする語り手の生活の描写のなかに、彼が数年前に経験した過去の場面が織り交ぜられています。そこでは六〇年代末の学園紛争の光景も、過ぎ去った懐かしさとともに語られます。

たとえば「僕」が通っていた大学の校舎を占拠していたグループは「二千枚のレコード・コレクション」を蓄えるほどクラシック音楽を愛好しており、この校舎に機動隊が突入した際には「ヴィヴァルディの「調和の幻想」がフル・ボリュームで流れていたということだが、真偽のほどはわからない」と語られ、それが「六九年をめぐる心暖まる伝説のひとつだ」と締めくくられています。

一九六九年は東京大学の入学試験が中止されたことに象徴されるように、全国の大学に波及していた学園紛争がピークに達した年でした。

前年の六八年一月に、登録医師制度に反対して東大医学部の学生自治会が無期限ストライキに入ったことをはじめとして、各地で学園紛争が広がっていき、同年六月には、東大安田講堂を学生が占拠した事態に対して機動隊を導入するという措置が取られました。さらに九月には日本大学の校舎を占拠した学生一三二〇名あまりが排除、逮捕されるという事態が起き、全国のデモや集会に二九万人近い参加者のあった十月二十一日の国際反戦デーには、反共産党系の活動家学生らが国会構内に乱入し、また新宿駅では約一五〇〇〇人の学生たちが駅構内に突入して投石や放火をおこなう「新宿騒乱事件」が勃発しました。

六九年には紛争が大学だけでなく高校にも広がりを見せ、始業式や卒業式が生徒によって妨害されるといった事態が各地で生起するようになります。村上春樹よりも三歳年下の村上《むらかみ》龍《りゅう》は当時佐世保《させぼ》の高校に在学中で、自伝的作品の『69 sixty nine』（一九八七）に描かれるように、学校封鎖事件を起こして謹慎処分をうけています。

校舎が封鎖された大学への機動隊の導入も各地でおこなわれるようになり、『1973年のピンボール』の最初の章の舞台である早稲田大学にも十月半ばに機動隊が突入し、封鎖の解除がおこなわれました。またこの頃からセクト間のいわゆる内ゲバ闘争が頻発し、死者が出ることも珍しくなくなっていきます。

学園紛争の具体的な原因となったものとしては、ベビーブーマー世代の学生数が急速に増加したために、大学教育がマスプロ化していったことへの不満や、医学部の研修医制度への批判などが挙げられますが、それとともに大学に象徴される社会の制度や体制そのものに対して抗議の声をあげようとする心性が学生たちを動かしていました。学園紛争の担い手であった全共闘（全学共闘会議）が、大学の〈改革〉ではなく〈解体〉を訴えていたのはその端的な現われです。

さらにアメリカから世界各地へと広がっていったベトナム反戦運動や黒人の公民権運動、あるいはフランスの五月革命のような反政府運動などの影響も無視しえません。一九六〇年代後半はこうした世界的な規模で青年層を中心とする反体制運動が高まりを見せた時代で、全共闘によって担われた日本の学園紛争もその一環をなしていました。

六〇年代への親しさ

一九六八年に早稲田大学に入学した村上春樹も当然学園紛争に遭遇しますが、自身は全共闘の一員ではなかったにもかかわらず、そこに渦巻いていた若者の情念には共感を覚えるところがあったようで、『風の歌を聴け』の語り手には、機動隊との衝突で前歯を叩き折られたという経験を語らせています。

『1973年のピンボール』には、「1969年、われらが年」という一文が見られますが、春樹自身インタビューで、六〇年代について「そりゃおもしろい時代だったな。活気があり、少なくとも退屈はしなかったです」(「村上春樹ロングインタビュー」『考える人』二〇一〇・夏)と語っており、この時代の空気への親しさをうかがわせています。こうした「おもしろい時代」が終わり、人びとが個人単位の生のなかに帰っていく散文的な時代として七〇年代という時代が位置づけられています。

その転換点として位置づけられているのが一九七〇年という年で、この年を境に七〇年代という新しい時代に移行することで、それまで若者たちを動かしていた情念的な昂揚が行き場を失っていくという図式が、『風の歌を聴け』『1973年のピンボール』『羊をめぐる冒険』(一九八二)の三部作に込められています。

その失われる六〇年代を象徴する存在として作中に置かれているのが、「鼠《ねずみ》」というあだ名で呼ばれる語り手の分身的な友人です。語り手の「僕」が七〇年代の流れのなかでそれなりに自分の居場所を見出していくのと対照をなすように、社会のなかに安定した位置を得ることを拒みつづけるこの友人と「僕」との間の距離は次第に広がっていき、『羊をめぐる冒険』の終盤では、鼠は北海道の別荘で首をくくって自殺するに至ります。

しかし、こうした六〇年代から七〇年代へという転換は、あくまでも七〇年代後半を生きる作者によって、事後的に明確化されたものです。最初の作品の時間的舞台である一九七〇年という年にしても、それを境として社会状況や人びとの意識が大きく変化したわけではありませんでした。

一九七〇年は、大阪で開催された万国博覧会がその象徴となったように、一九五〇年代から始まった戦後の経済成長が進行していく途上でした。

日本の国民総生産（ＧＮＰ）が西ドイツ（現ドイツ）を抜いて、自由主義経済圏で第二位となったのは一九六八年のことであり、それ以降もその位置を保持していきます。貿易面においても、一九六〇年代前半においては輸入超過の年が多かったのが、六〇年代後半に入ると輸出超過の年が普通になり、一九七〇年には日本は約六〇億ドルの外貨準備をもつ債権国となっていました。

全共闘の活動家たちも、一九七〇年の時点ではその活動を持続し、革命に向かう展望を描こうとしていました。『中央公論』一九七〇年三月号に掲載された、東大全共闘の今井澄《いまいきよし》によるエッセイ「安田講堂・下獄・そして今」では「戦後民主主義を突き破り、武装闘争と国際主義をかかげた闘いを、たんなる理論としてではなく、思想と実践の問題において実現」していこうとする意欲が語られています。また同誌七〇年五月号では日大全共闘の秋田明大《あきたあけひろ》が、全共闘が「大衆的基盤」を確保しつつ「学園外の右翼」と闘かっていかねばならぬという決意を語り、インタビュアーはその語りぶりに「闘争が終る気配は全くない」感想を覚えていました。

時代の様相に大きな転換が訪れることになったのは、むしろ『1973年のピンボール』の時間的舞台である一九七三年でした。

この年は、石油輸出国機構（OPEC）が輸出制限の方針を打ち出したことによる第一次オイルショックが世界を見舞い、日本でも石油価格の高騰にとどまらず、物価全般が翌年にかけて三〇％以上上昇して、国民の生活に大きな打撃を与えました。石油関連製品が値上がりするという見込みから、トイレットペーパーの買い占めが各地のスーパーマーケットで起こった光景は、昭和史の一コマとしてなじみ深いものでしょう。鉱工業生産指数においても、一九七三年から七五年にかけて一八％の低下を示し、日本は戦後最大ともいえる経済危機に直面することになりました。

一九六〇年代後半に昂揚した全共闘を中心とする新左翼運動も、七〇年代に入ると党派間の闘争が激化していきます。しかも警察がそれに対する明確な抑圧の姿勢を示さなかったこともあり、中核派と革マル派の間に代表される凄惨《せいさん》な内ゲバが繰り返され、多くの死者を生み出すことになりました。

もともと六〇年代の新左翼運動は、何らかの建設的なヴィジョンをもって進められたというよりも、既成の価値観やそれによる体制を打破することを目指しておこなわれた面が強くありました。そのため学園が平静を取り戻すにつれて次第にその暴力的な性格が内向きになっていき、相互破壊的な様相を呈するに至りました。

そうした流れのなかで一九七二年二月に勃発したのが、一般人を人質にして山荘に一〇日間立て籠もるという、連合赤軍による浅間山荘事件で、その前の段階で「総括」と称されるリンチによって、グループ内に一二名の死者がもたらされていました。

「鼠」と「僕」の違い

こうした社会の様々な局面で行き詰まり感が浮上してきた一九七三年を主要な時間的舞台としながら、『1973年のピンボール』の主人公を取り巻く状況は、そうした感覚を漂わせていません。

「僕」は七二年の春に友人と二人で業務的な翻訳事務所を開業し、それが軌道に乗ることで年齢にしては収入にも恵まれるようになります。友人は「俺たちは成功者だ」といい、「僕」も「いたく満足した」という感想を覚えます。もっともこの翻訳の仕事に「僕」が充実感を覚えているわけではなく、「左手に硬貨を持つ、パタンと右手にそれを重ねる、左手をどける、右手に硬貨が残る。それだけのことだ」とやや自嘲的に語られる、無機的な作業として眺められています。

この作品の後半部分では、「僕」は一九七〇年に熱中した「スペースシップ」というピンボール・マシーンへの執着を蘇《よみがえ》らせ、大学のスペイン語講師とともにその探索に没頭していきますが、それは日々の仕事のなかで自分の内に生じていた空洞を埋める作業にほかなりませんでした。

その一方で、この作品には行き詰まりの心性を抱きつつ生きる人物がいます。それが

「僕」の友人で彼の分身的存在である「鼠」です。彼は六〇年代的な情念を引きずりつつ、七〇年代においても自己が社会に登録されることを拒むかのように、前作の『風の歌を聴け』では小説を書き始めたのでしたが、ここでは年上の女性との関係に入り込むものの、それによって満たされるわけでもなく、別れるに至る経緯が断片的に提示されます。

彼のなかに渦巻いている「嬉々として無に向おうとする連中にひとかけらの愛情も好意も持てなかった」という感慨は、本来「僕」の内にもあったものでしょうが、「僕」はそれを封印することによって自己を社会的存在としていったのでした。

こうした「僕」の自己社会化のあり方は、精神分析学者のラカンの理論における「象徴的去勢」の端的な例であるといえるでしょう。ラカンは、人間は幼児期において保たれていた原初的な自己を失い、言語に代表される社会の象徴体系を内在化させることによって自己を社会化するとし、このことを「象徴的去勢」と呼んでいます。

村上春樹の主人公たちが総じて穏健な性格の持ち主であるのは、彼らがこの象徴的去勢を自己に施しているからですが、その代わりに失われた自己を代理的に表象する存在として、三部作では鼠という情念的な人物が主人公と対比的に置かれているのです。

「僕」が実際に鼠と交わりをもつ『風の歌を聴け』とは違って、『1973年のピンボール』

では彼らが出会う場面は描かれず、鼠の物語がなくとも作品は成り立ちます。にもかかわらず鼠が現われるのは、彼が「僕」の内から切り捨てられた分身であることを物語っています。

いいかえれば、「僕」と距離を置いた形で鼠が現われることによって、鼠に託されたロマン的な自我への執着が、「僕」から完全に失われていないことが示唆されているのです。鼠は自分にそぐわない時代としての七〇年代の流れのなかで次第に居場所を失っていき、『羊をめぐる冒険』では自殺するに至りますが、それは「僕」自身が辿ったかもしれない帰趨にほかなりません。

鼠が行き詰まりの象徴であることは、最初の章に出てくる「鼠取り」の挿話にも端的に現われています。「入口があって出口がある、大抵のものはそんな風にできている。郵便ポスト、電気掃除機、動物園、ソースさし。もちろんそうでないものもある。例えば鼠取り」という短いパラグラフの後に、「僕」が「アパートの流し台の下に鼠取りを仕掛けたことがある」経験が語られますが、その際彼は「ペパーミント・ガム」を餌《えさ》にして「まだ若い鼠」を捕獲したのでした。

この「入口」があるものの「出口」のない空間に捕らえられた「まだ若い鼠」が友人の鼠

を暗示することはいうまでもありません。「僕」がロマン的な情念への傾斜を封印したのは、閉塞的な状況のなかで「出口」を見出すためであり、そうしなければ彼もまた行き詰まって「鼠取り」に捕らえられたかもしれません。もっともその時にはすでに分身としての「鼠」は不要になり、作中に姿を現わすことはなくなっていたでしょう。

一九七〇年という転換期

現実の日本社会に閉塞感や終末感が漂っていた一九七三年を主筋の舞台としながら、そこに生きる主人公にそうした感覚が託されていないのは、その分身的存在としての鼠にそれが代理的に担わされているとともに、一九八〇年という、そこから数年を経た場所にいる作者によって、さらにこの時代の空気が相対化されているからでもあります。

「僕」自身が時代の転換のなかで身のきしむ思いを味わっていた年として描かれるのが、その三年前の一九七〇年です。それによってこの境目としての年に転換点としての位置が与えられ、六〇年代と七〇年代との差別化の図式が浮上してくるのでした。

『１９７３年のピンボール』では一九七〇年は、多くの青年たちが挫折《ざせつ》を味わい、孤立し、自ら命を絶ち、あるいは東京という地を離れていく年として描かれています。

誰もがめいっぱいのトラブルを抱えこんでいるようだった。トラブルは雨のように空から降ってきたし、僕たちは夢中になってそれらを拾い集めてポケットに詰めこんだりもしていた。何故そんなことをしたのか今でもわからない。何か別のものと間違えていたのだろう。

（中略）何人もの人間が命を絶ち、頭を狂わせ、時の淀みに自らの心を埋め、あてのない思いに身を焦がし、それぞれに迷惑をかけあっていた。一九七〇年、そういった年だ。（5）

この作品における一九七〇年は、こうした青年たちが向ける先のない情念を抱えながら、孤立を強いられていった転換期として位置づけられています。当時の「僕」自身はさほど「トラブルを抱えこんで」いるようには見えませんが、「僕にとってもそれは孤独な季節であった。家に帰って服を脱ぐたびに、体中の骨が皮膚を突き破って飛び出してくるような気がしたものだ」という心情が追憶として語られ、こうした心性と無縁ではなかったことが示唆されています。

先に触れたように、現実には全共闘らによる新左翼運動は、七〇年の時点では将来への展望を描きつつ活動を持続させていましたが、その一方でそうした運動などに興味を示さない青年たちも増加していきました。

当時の学生への取材をまとめた加藤諦三《かとうたいぞう》の『若者の思想と行動』（毎日新聞社、一九七一）には、七〇年代初頭の時点で「全共闘だって、僕らと同じに好きなことやってるんでしょ」「政治には無関心だな」といった意識で自分の趣味に没入しようとする青年の姿が紹介されています。この著書で言及されているように、「シラケ世代」と称されるようになる青年像が生まれてくるのもこの頃からだったでしょう。

一九七〇年における日米安全保障条約の継続に対する反対闘争が、一〇年前の六〇年安保闘争と比べて盛り上がりを欠いた運動となった背景には、こうした青年層の意識の変化があります。

村上春樹自身、河合隼雄《かわいはやお》との対談（『村上春樹、河合隼雄に会いにいく』岩波書店、一九九五）で、「あのころは、ぼくらの世代にとってはコミットメントの時代だったんですよね。ところが、それがたたきつぶされるべくしてたたきつぶされて、それから一瞬のうちにデタッチメントに行ってしまうのですね」という変化が六〇年代末以降に起こったという認識を語っています。

三部作の主人公もそうした「デタッチメント（乖離）」に移行していった一人として捉えることもできます。けれどもこれまで見てきたように、彼のなかにはロマン的な情念や昂揚への憧れを切り捨てた感覚が残っており、その空白感に照応するものが、分身としての鼠やピンボール・マシーンといった存在でした。

自己を社会的地平に位置づけることに成功することによって、「僕」のなかにその感覚が逆に浮上してきます。『1973年のピンボール』の後半で「僕」がピンボール・マシーンの「スペースシップ」の探索にとりつかれるのは、失われた時代への遡行としての意味をもつものにほかなりませんでした。

同時に、一九七〇年にその蜜月が訪れると記されるスペースシップへの熱情は、『ノルウェイの森』でその年に死んだことが語られる直子への鎮魂でもあり、そのため「僕」が邂逅《かいこう》した「スペースシップ」は「あなたは今何してるの？」といった女性の言葉を〈語る〉のでした。けれども〈彼女〉とのつかの間の出会いの後、「僕」は後ろも振り向かずに別れることによって、七〇年代の散文的な時代に帰っていこうとします。

このように眺めると一九七〇年という年が、青年の心性面においては六〇年代の情念的な連帯の感覚が残るとともに、七〇年代という散文的な個人の時代の到来を予感させる、過渡的な転換期であったことが分かります。現実社会においては転換期であったとはいいがたいこの年にその位置を遡及的に与えているのは、村上春樹の意識が現実の事象よりも、青年層を中心とする人びとの心性面に強く向けられていたことを物語っています。

夏目漱石が「非我」としての外部世界の「真」を捉えて表現することを作家の職務と考え、それを作品において比喩的に表現したように、村上春樹も「デタッチメント」的な心性をもった人物を中心に置き、その姿を描くことで時代の相貌を捉えようとしています。それはやはり表現者として社会に対する「デタッチメント」ではなく「コミットメント（関与）」の姿勢であり、外部世界に向けられた眼差しの活動の結果にほかならないでしょう。

交錯する時間

一九七〇年を時間的舞台とする処女作の『風の歌を聴け』には、この二つの時代が混在する境界的な年としての一九七〇年の、春樹的な色合いがきわめて技巧的に描き出されています。

大学生の「僕」が自閉的であった幼少期の追憶を語った後に、この年の夏休みを神戸・芦《あし》屋《や》を思わせる海沿いの郷里の街で過ごす経験が綴《つづ》られるこの作品で重要なのは、その時間的な構成にあります。

この作品の主筋となる物語は「1970年の8月8日に始まり、18日後、つまり同じ年の8月26日に終る」と2章に明示されているにもかかわらず、その後で現われる場面は決して一九七〇年に限定されません。つまり、こののべ一九日間の物語には、「僕」が友人となる鼠と出会った三年前の一九六七年からの場面がいくつも含まれ、最初の時間設定を裏切っているのです。

それはこの表向き八月に設定されている物語の展開に、明瞭な時間的混乱が存在することから見て取れます。すなわち、この作品を構成する四〇の断章は時間的に直線的な形で並んでいないのです。「1970年の8月8日」に始まる物語は、追想の章を含みながら3章から39章にかけて展開していきますが、章の間で内容的な前後関係が逆転している箇所がいくつも見出されます。

たとえば5章では「鼠はおそろしく本を読まない。彼がスポーツ新聞とダイレクト・メール以外の活字を読んでいるところにお目にかかったことはない」と記され、鼠はフローベールの『感情教育』を読んでいる「僕」に「何故本なんて読む？」と訝《いぶか》しげに問いかけています。そして鼠は「この前、最後に本を読んだのは去年の夏のことだったよ」という言葉につづけて、「ファッション・デザイナー」の女が、「海岸の避暑地にやってきて最初から最後までオナニーをする」というその本の内容を、うんざりした口調で紹介します。さらに鼠はもし自分が小説を書いたらという仮定で、乗っていた船が遭難した後、浮輪につかまって海を漂流し、そこで出会った女とビールを飲む男の話を「僕」に語るのでした。

この章の時点では、鼠が本嫌いな青年であり、少なくとも小説を書いた経験がないことは明瞭です。にもかかわらず、次の6章ではいきなり「鼠の小説には優れた点が二つある。まずセックスシーンの無いことと、それから一人も人が死なないことだ」と述べられ、鼠がすでに数編の小説を書いていることが示されます。

もちろん小説を読むことが嫌いな小説書きもいなくはないでしょうが、5章の鼠の言葉からはそうした韜晦《とうかい》を感じ取ることはできません。さらに作品の後半には、鼠が小説を書くに至った動機が示されている章が存在します。それが六〇年代末に沸騰していた学園紛争を指すであろう騒乱が沈静化していく過程で、孤立していった末の選択であったことが、31章で鼠の言葉として提示されています。

「（略）でもね、俺は俺なりに頑張ったよ。自分でも信じられないくらいにさ。自分と同じくらいに他人のことも考えたし、おかげでお巡《まわ》りにも殴られた。だけどさ、時が来ればみんな自分の持ち場に結局は戻っていく。俺だけは戻る場所がなかったんだ。椅子取りゲームみたいなもんだよ。」

「これから何をする？」

鼠はタオルで足を拭きながらしばらく考えた。

「小説を書こうと思うんだ。どう思う。」

「もちろん書けばいいさ。」 (31)

おそらくこうした経緯で、鼠は小説を書く人間となったのでしょう。この二つの章の前後関係は当然31→6であるはずですが、それが作品では逆に並べられています。そして時間的にこの二つの章の間に挟まる章も存在します。

それが16章で、この章の冒頭は「僕がジェイズ・バーに入った時、鼠はカウンターに肘をついて顔をしかめながら、電話帳ほどもあるヘンリー・ジェームズのおそろしく長い小説を読んでいた」という一文で始まり、「面白いかい?」と問われた鼠は首を横に振るものの、「でもね、ずいぶん本を読んだよ。この間あんたと話してからさ」と答えるのでした。「この間」とは5章で「何故本なんて読む?」と鼠が問いかけたことに始まるやり取りを指しています。その時「僕」はフローベールが「もう死んじまった人間だから」であると答え、それに対して鼠が「生きてる作家の本は読まない?」と尋ねると、「僕」は「生きてる作家になんてなんの価値もないよ」と決めつけたのでした。

その答えに鼠は必ずしも納得したわけではありませんが、このやり取りによって彼は本を読む行為にあらためて関心を向けることになったようです。彼が柄にもなく長い小説に取り組み、しかもその作者がヘンリー・ジェームズという「もう死んじまった人間」であるのは、やはり「僕」の感化が作用していると考えられるでしょう。

このように眺めると、今取り上げた四つの章の出来事は、時間的には5→16→31→6の順序で生起していることが分かります。最初の5章の会話は、「僕」が鼠と知り合い、まだ互いの嗜好《しこう》をあまりよく知らない段階でなされていると見なされますが、二人が知り合ったのが「3年前の春のこと」であることが4章に記されていることから、一九六七年の帰省時であると想定されます。

さらに、その時間を示唆する情報がこの章に織り込まれていることは見逃せません。それは今引用した「生きてる作家になんてなんの価値もないよ」という「僕」の発言につづくくだりに出てくる、彼が見ている「ポータブル・テレビの「ルート66」の再放送」です。「ルート66」は北米大陸を貫く大動脈であるルート66を、トッドとバズの二人の大学生が様々な事件に出会いつつ車で旅していくというドラマで、一九六〇年にCBSで放映されたものです。

日本では六二年にNHKで放映された後、フジテレビで再放送されていますが、その年は左の番組表で分かるように一九七〇年ではなく、昭和四十二年つまり一九六七年なのです。六七年の八月から十二月にかけて、「ルート66」は毎週土曜日の午後にフジテレビで再放送されていました。

ただこの番組表は東京地方のもので、「僕」の郷里に想定される神戸・芦屋を含む関西地方では、この年に「ルート66」の再放送はありませんでした。ですが、作品の舞台を神戸に特定する記述はどこにもなく、登場人物も関西弁ではなく東京言葉をしゃべっている以上、この街を関東圏の架空の港町に見立ててもとくに不自然ではありません。

少なくとも一九七〇年の八月には東京でも神戸でもこの番組の再放送はおこなわれていな

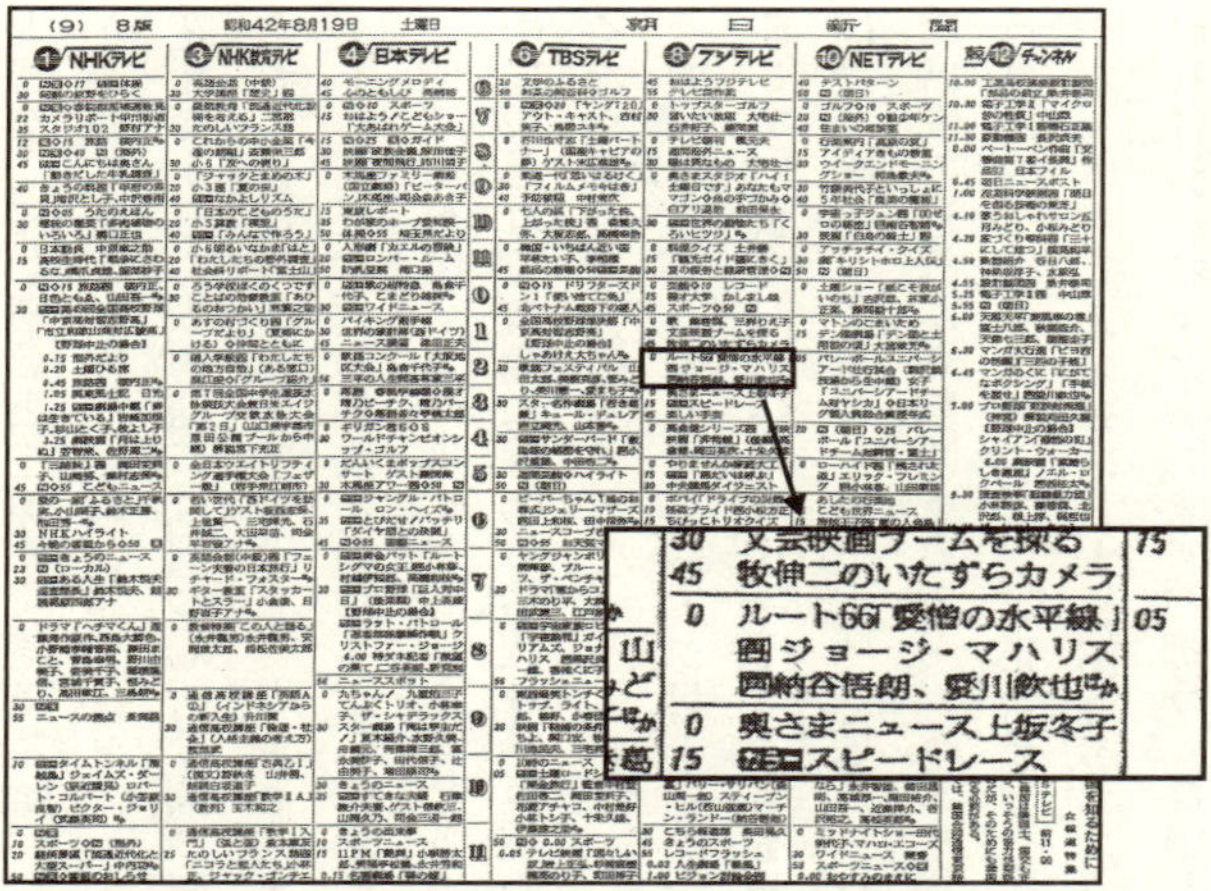

1967年8月のテレビ番組欄。「ルート66」が再放送されている。

い以上、5章の場面が七〇年よりも六七年のものである可能性が高いことは否定しえないでしょう。

"どこにもいない"鼠

『風の歌を聴け』の主筋をなすのは、「僕」が行きつけの「ジェイズ・バー」の洗面所で倒れていたところを助けた、左手の指が四本しかない女の子との交わりと別れです。「1970年の8月8日に始まり、18日後、つまり同じ年の8月26日に終る」と記されている時間的枠組みは、もっぱらその展開を指しています。

一方、鼠との交わりはそのほとんどが六〇年代のもので、一九七〇年八月に「僕」が彼と出会っていることを確定できる場面はひとつもないといっても過言ではありません。にもかかわらずこの作品の叙述がさほど不自然に映らないのは、「僕」と鼠の交わりが、話題を変えながらも表層的には同じ場所で同じ時期に反復されるために、違う年の会話が織り交ぜられても前後の章の内容とさほど違和をきたさないからです。

その結果、六〇年代における二人の場面が展開の進行に対するノイズとして働き、はじめに明示されている時間の枠組みと矛盾をきたすということが起こります。端的にいえば、作中に現われる時間に関わる情報を積み重ねていけば、帰省中の出来事は一九日間に収まらなくなってしまうのです。

加藤典洋《かとうのりひろ》は『イエローページ村上春樹』(荒地出版社、一九九六)でこの時間的な矛盾を指摘しています。加藤はここでその矛盾を解決するために、鼠を現実世界ではない「異界」に住む「幽霊」であるとし、「僕」はそこに赴《おもむ》いて話を交わしているために、その箇所が現実の時間の進行から削除されるという説を提示しました。

具体的には、「僕」が鼠の誕生日のためにベートーベンのピアノ協奏曲のレコードをジェイズ・バーでプレゼントする16章が、「異界」での出来事であり、七〇年八月の現実の時間からは省かれるとされます。そうしないと、その月のものと想定される、18章に出てくる、

「僕」がジェイズ・バーに「一週間も来ない」という、女の子の言葉と衝突することになるからです。

　これは興味深い仮説ですが、ここで見てきたこの作品の生成の論理からすれば、とくに鼠を「異界」に住む「幽霊」に見立てたりする必要はなく、六〇年代の会話が挿入されることによって、時間的情報の混乱が生じているにすぎません。たとえば先に見たように、16章のジェイズ・バーにおけるやり取りはおそらく一九六七年の夏の出来事で、18章の女の子の言葉と何ら齟齬《そご》をきたしていません。

　そして『風の歌を聴け』に対するこうした読解は、別に恣意《しい》的なものでなく、作者の村上春樹自身が、ここで示した形における作品の生成過程を語っています。春樹は一九九四年七月にプリンストン大学でおこなわれた河合隼雄との公開対談で、この作品について、次のように語っています。

　このときは最初は小説を、まずＡＢＣＤＥという順番で普通どおりに書いた。いわゆる既成の小説の形で書くわけです。でも何も面白くない。そこで、これをシャッフルするわけです。つまりＢＣＤＡＥ――例えばこういうふうに変えるんです。そうすると面白くなる。でもなんかまだ重いんですね。それで僕は例えばDとAを抜いちゃう。そうすると、何か不思議なモーメントというか動きが出てくる。

この説明を踏まえれば、春樹ははじめ一九六七年春に「僕」が鼠と出会うところから、一九七〇年夏における、左手の小指のない女の子との別れに至る展開を主な内容とする小説を書き上げていました。しかし、それでは「何も面白くない」ところから、六〇年代の出来事をすべて七〇年夏の展開に差し挟む形で当初の章の並びを「シャッフル」し、さらに七〇年夏の鼠の行動に関わるいくつかの章を脱落させることによって、最終的な作品の形がもたらされることになったのでしょう。

ただそう見なすと捉え方が難しいのは、16章の前の15章で、七〇年八月の時間にいる「僕」が女の子の勤めるレコード店で同じベートーベンのレコードを購入しているという事実です。そこから考えられるのは、「僕」が六七年に鼠にプレゼントしたレコードを、鼠が紛失ないし損傷したことによって、七〇年の夏にもう一度贈ろうとしたという経緯で、やや不自然ながら、そのように見なすことで前後の章との整合性をつけることができます。

もうひとつの考え方は、加藤典洋の論とは違った意味で、「僕」が「異界」に赴いていたという仮説です。すなわちこの日に「僕」が一九七〇年から六〇年代という「異界」に移動して、そこで鼠にレコードを贈ったと考えることで、二つの章をつなぐことができます。後の章でも見ていくように、村上はしばしば登場人物を時間移動させていますが、この作品でもそれをおこなっている可能性があります。

もともとこの作品は作品内の時間を「シャッフル」することによって成り立っていたのであり、登場人物がみずから自分の生きる時間を「シャッフル」することはその方法と連続しているともいえます。とくにはじめに書かれた章を「シャッフル」し、編集することによって、「僕」の傍《かたわ》らにいる人間としての鼠の存在感は低減することになります。

鼠が間違いなく七〇年の夏にいるといえる章が見当たらないことに加えて、この帰省の時期に想定できる章でも、「僕」がジェイズ・バーに赴いた際に、鼠は不在であることが多いのです。たとえば９章は四本指の女の子とのやり取りがあるため、七〇年八月のものですが、彼女が洗面所で倒れた日にも「奴は居なかった」のであり、それにつづく章も同じ月であると見なされますが、やはりジェイズ・バーに「鼠の姿はない」のでした。

春樹と漱石　それぞれの〈ポストモダン〉

こうした描き方によって、鼠は七〇年の夏に生きていながら生きていない両義的な存在として浮かび上がることになります。これは先に見た、六〇年代的なものが強く残存しながら、同時にそれが失われつつあるという、一九七〇年という年の特質を表わす巧みな方法であるといえます。

この過渡的な転換期を経て、次作の『1973年のピンボール』では、すでに六〇年代的な情念をほぼ見限った人物として、主人公の「僕」は位置づけられていました。

この作品では「僕」が鼠と言葉を交わす場面は現われず、この情念的な分身との距離が拡大しています。「僕」は二四歳に達し、業務的な翻訳事務所を友人と営んで成功していたわけですが、その点で〈ポスト六〇年代〉としての色合いが明確に流れている作品です。

『1973年のピンボール』とそれにつづく『羊をめぐる冒険』の主題となるのは、鼠に仮託される六〇年代的なものをいかに葬《ほうむ》るかということで、それが様々な暗喩的表象としてちりばめられます。

とくにそれが著《いちじる》しいのが『1973年のピンボール』で、ピンボール・マシーンの「スペースシップ」、「僕」が住んでいるアパートにあった「配電盤」、さらには最後の挿話として語られる、「僕」が耳の奥に詰めてしまって一時的な難聴の状態になる「耳あか」などが、いずれも現代に合わなくなってしまったもの、あるいは行き詰まったものの暗喩として、それらが除去されたり葬られたりする場面が描かれるのでした。そして『羊をめぐる冒険』では、ついに鼠自身が首をくって自殺することになります。

『1973年のピンボール』でちりばめられる、除去や葬送の挿話群は、いずれも過ぎ去った時代への執着から断ち切られることによって、散文的な〈ポスト六〇年代〉を生きていくための知恵の現われでした。この構図がポストモダンのひとつの典型をなすことはいうまでもなく、村上春樹は一九七〇年代以降のポストモダン社会に生きることの問題性をみずから問いつづける代表的な作家の一人として活動をつづけていくことになります。

ポストモダンとは、その言葉どおり〈モダン〉の〈ポスト＝後〉に来る時代、現象という意味ですが、〈モダン〉の捉え方によって当然その〈ポスト〉のあり方も変わってきます。たとえば『歴史の終り』（原書一九九二）を書いたフランシス・フクヤマにおいては、本人が必ずしもその用語を用いているわけではないですが、社会主義革命の幻想が希薄化する一方で、リベラルな民主主義とグローバルな資本主義によって覆われていく一九七〇年代後半以降の世界が、ポストモダン社会に相当するものとして想定されています。

あるいは文化的な次元においては、リンダ・ハッチオンが『ポストモダニズムの政治学』（原書一九八九）で述べるような、オリジナルな個性の表現としてではなく、先行作品を戦略的に取り込みつつパロディー的になされる現代芸術の傾向も、明確にポストモダン的でした。

そしてこれらに通底する、ある明確な価値をもった普遍的な流れを、主として科学的言説の変転を対象として「大きな物語」として位置づけ、それが終焉ないし低減するところに現代のポストモダン社会のあり方を見ていたのが、ジャン＝フランソワ・リオタールの『ポスト・モダンの条件』（原書一九七九）でした。

この「大きな物語」ないし「メタ物語」の終焉という考え方は、ポストモダン社会を説明するのに現在でも有効であり、それを敷衍《ふえん》することによって、二〇世紀後半以降の時代に限定されないポストモダンの遍在性を浮かび上がらせることのできる力をもっていると思われます。

普遍的な価値として人びとを包み込む「大きな物語」とその終焉は、二〇世紀後半以前の時代においても繰り返し生起しています。そしてこの地平において、村上春樹と夏目漱石という、近代日本における二人の代表的な作家を向き合わせることができるのです。

六〇年代後半に反体制、反権力の物語が大きな流れとして青年たちを包み込んだように、漱石の生きた時代においては、国運を賭けた日露戦争という「大きな物語」が人びとを動かしていました。規模の違いはあっても、それらがともに人心を包摂しうる「物語」であったことは事実であり、そのなかに生きつつやがてそこから抜け落ちていった感覚としてのポストモダンの問題性が、両者に共通して認められます。

もっとも、その「物語」に対する距離の取り方は二人の作家の間で同じではありません。村上春樹が情念的な六〇年代というモダンの物語が終焉し、時代の転換が明瞭になった時点から創作を開始しているのに対して、漱石は帝国主義的拡張というモダンの物語の終焉を願いつつ、それが容易にもたらされない困難さを動機として創作活動をおこなっていきます。

いいかえれば、春樹にとってのモダンが失われた時間として郷愁の在《あ》り処《か》となる物語であるのに対して、漱石にとってのモダンはむしろ乗り越えられるべき批判の対象です。けれども、いずれにしてもそのモダンの物語は、広範な国民感情の昂《たか》ぶりをもたらした契機であり、その行方をモチーフとする作品を生みだしていくことによって、二人は「国民作家」的な表現者となっていったのです。

第Ⅱ部

「大きな物語」の後で

——支配される人びとの姿を描く

漱石と春樹にとって、「大きな物語」としての日露戦争と六〇年代後半の反体制運動が終息した後の時代を描くことが、創作の軸となっていった。

日露戦争後もアジア諸国に対する日本の帝国主義的な侵攻はやむことがなく、一九一〇年には韓国併合に至る。それを写し取るように、同時期に書かれた漱石の『それから』や『門』では、〈他人のもの〉である女性を主人公が奪い取る行動が描かれる。

一方、春樹が捉えた七〇年代後半以降の主な潮流は情報社会の進展であり、それが三部作にも盛り込まれている。『羊をめぐる冒険』では、情報社会に生きることで意識しないうちに主体性を奪い取られる人間の姿が浮かび上がっている。

第3章　「個人主義」と韓国併合への反感〔漱石〕

『それから』『門』

受動的な主人公たち

夏目漱石の主人公たちの行動に見られるひとつの特徴は、受動性と能動性が混在し、両者が循環的な関係をなすことが珍しくないということです。『坊つちゃん』(一九〇六)の主人公はその代表的な例で、彼が示す果断で向こう見ずな行動の数々は、ほとんどが外界からの働きかけに、反射的に応じる形でなされたものです。

冒頭に語られる少年期の挿話はそれを端的に物語っています。校舎の二階から頭を出していたところを「いくら威張つても、そこから飛び降りることはできまい」と下で囃《はや》されたのに応えて、二階から飛び降りて「腰を抜かす」ような怪我をしたり、親類からもらったナイフを友人に見せていたところ、その一人に「光る事は光るが切れさうもない」と言われたことに反発して「親指の甲をはすに切り込ん」で「死ぬ迄消え」ない傷を負ってしまったりする行為は、他人にあなどられまいとする主体性の発露である反面、外界からの働きかけに対する短絡的な反応である点では、きわめて受動的なものです。

それだけでなく、四国の中学校へ赴任して以降の行動も、ほとんどが深い思慮を経ずに、その場の流れに応じたものです。彼が宿直の夜にイナゴを布団に投げ入れられる事件についても、その首謀者を同僚の山嵐であると思い込んでしまうのは、釣りの場面で教頭の赤シャツがささやいた言葉をうのみにした結果でした。

また、『こゝろ』（一九一四）の「下」巻で語られる、学生時代の「先生」が下宿先の「御嬢さん」をめぐって、友人のKと拮抗《きっこう》し、彼の先手を打って「御嬢さん」の母親に結婚の申し込みをして受諾される一方、Kがその事態に絶望して自殺を遂げてしまうに至る経緯においても、先生は必ずしも「御嬢さん」への情愛を実現するべく行動したわけではありません。

第5章でくわしく述べるように、彼はKの「御嬢さん」への愛を知ることで、彼女を奪われまいとする危機感に導かれて結婚の申し込みをおこない、彼女を確保したのであり、その行動はやはりKという外的な存在の働きかけに対する受動的な反応としての側面が強くあります。

こうした内発的な感情と外的な状況が循環しつつ人物の行動を推し進めていく機構は、『それから』（一九〇九）の代助にも顕著です。

ここでは、主人公の代助はかつて交わりがありながら、友人の平岡に「周旋」した、つまり譲った女性である三千代と三年後に再会することをきっかけとして、彼女への情念を再燃させていき、ついには家と友人に背いて彼女を自分のものにする地点にまで進んでいく経緯が語られます。

その際重要なのは、彼が三千代との関係を深めようとする選択の背後に、父親から資産家の娘との結婚を勧められているという、外的な状況が作用していることです。代助はそれから逃れるためにも、別の女性を自分の相手に選ばざるをえなくなり、その流れのなかで三千代への感情をみずから明確化していくことになります。もし父親から政略結婚を強いられている状況がなければ、代助は平岡から三千代を奪い取る地点にまで進んでいかなかった可能性が高いのです。

見逃せないのは、この主体性ないし能動性と受動性の循環が見られる作品として今取り上げたのが、『坊つちやん』『それから』『こゝろ』という、いずれも漱石の代表作としての評価をもつ作品であることで、この要素が漱石文学の中心的な位置を占めていることを物語っています。

また行動の受動性についていえば、他の作品の多くの主人公たちもそれをはらんでいます。

熊本から上京して帝国大学に入学するものの、勉学の面においても女性との交際においても、周囲の流れに動かされるとまどいのなかで日々を送る『三四郎』（一九〇八）の三四郎や、週六日の役所での勤務に疲弊《ひへい》し、日曜日の消閑にのみ「慰藉《いしゃ》」を見出す気力を欠いた下級官吏である『門』（一九一〇）の宗助《そうすけ》などはその典型的な例でしょう。漱石自身を下敷きとする『道草』（一九一五）の健三にしても、かつての養父の接近と金の無心を積極的に斥《しりぞ》けることができずに関係を長引かせてしまう点では、やはり受動的な人物でした。

受動性の文脈

漱石の主人公たちの多くがこうした受動性を刻みつけていることの背後には、主に二つの文脈が想定されます。一つは同時代の哲学や心理学を摂取することで漱石の内に培《つちか》われた、人間の行動の機構に対する認識であり、もう一つは維新以降の近代日本の進み行きに対する批判的な眼差しです。

前者については『文学論』（一九〇七）やその素材となった『文学論ノート』から、漱石の思考をうかがうことができます。なかでも小説作品の人物たちが見せる行動のあり方との関係において重要なのは、人間が外界からの働きかけを「暗示」として受け取り、それによって「F」として表現される焦点的関心に変化を生じさせる因果性です。『文学論』によれば、人間のFが変化してF′へと移行する際には、外界からの刺激、情報である「S」の働きかけが必要であり、またSが直接作用するのは「応ずる脳の状態」としての「C」（意識）に対してであるとされます。すなわち、外界からのSがCに働きかけない限り、Fは明確化されないのであり、Sを受け取る存在として、人間は否応なく受動性のなかで生きることになります。

漱石作品に多く現われる受動的な人物たちの様相は、やはりこうした人間観と照応しています。『こゝろ』の先生にとってのKのような外的な存在だけでなく、人間に働きかける時代の空気もやはりSのひとつにほかなりません。

その好適な例となるのが『それから』の代助です。代助が明治三十九年（一九〇六）に当たる三年前に三千代を平岡に「周旋」し、しかもそれを「鮮やかな名誉」として受け取っているのは、奇妙に映ります。おそらくその時点での代助はある種の昂揚した気分に浸透されていて、それにほとんど無意識に動かされることによって、自身が犠牲を払う行為を「名誉」として受け取ったのだと考えられます。

そしてその昂揚した気分をもたらしていたものこそが、第1章で引用した田山花袋の『東京の三十年』（一九一七）で「社会は戦勝の影響で、すべて生々として活気を帯びてゐた」と記される明治三十九年の空気であったのでしょう。しかし、それは代助の本当に自覚的な行為ではなかったために、戦勝の余韻も消え果てた三年後の現在ではその意味はすでに見失われ、「何故三千代を周旋したかと云ふ声」を聞かねばならなくなっているのです。

こうした有形無形のSを受容することで、人間はその行動に変化を生じさせていくのであり、しかも代助がそうであったように、しばしばそれは主体が自覚しない次元で作用を及ぼす点で、人間はその受動性を拒みえない存在として生きているといえるでしょう。もちろん作者自身が、外界の事象や空気をSとして受容しつつ作品を書いているのであり、その点に関しては漱石はきわめて意識的な作家でした。

そして、漱石の作品世界において受動性のなかに動いていく人物が多く現われるもう一つの文脈は、漱石がともに生きてきた維新以降の日本が、西洋諸国への模倣《もほう》と追随という受動性のなかを進んできたことです。

坊っちゃんがその典型であるように、漱石の主人公たちはほとんどの場合、多少とも同時代の日本の暗喩ないし寓意であり、西洋の模倣によって国を近代化していこうとする維新以降の展開が託された彼らは、受動的な存在として表現されざるをえません。

よく知られるように、漱石は講演「現代日本の開化」（一九一一）で日本の近代化の過程について、「我々の遣《や》つてゐることは内発的でない、外発的である。是《これ》を一言にして云へば現代日本の開化は皮相上滑《ひそううわすべ》りの開化であるといふ事に帰着するのであります」と語っています。

坊っちゃんの一見果断な行動の数々も、あるいは「御嬢さん」を獲得しようとする先生の振舞いも、いずれも「外発的」な性格を色濃く備えていました。それは決して偶然ではなく、漱石においては個人の問題と国家・社会の問題がつねに地続きで捉えられるために、両者の間に入れ子的な関係が生じがちになるのです。

こうした着想の形は『文学論』の議論にも明瞭に現われています。前章で述べたように、『文学論』におけるFは、冒頭に掲げられた「F＋f」の式において観念的焦点として位置づけられながらも、それ以降の議論ではむしろ集合的関心として意味づけられることが多くなり、しかもそれが同じ項目のなかで個人と社会の両方に対して連続的に用いられることも珍しくありません。

第一部第一章の「文学的内容の形式」においては、Fの具体的な事例として「玩具人形」や「恋愛」「金銭」といった個人的な関心と、「攘夷、佐幕、勤王」のような社会的関心がひとつながりに置かれています。「暗示」によるFの推移を論じた第五編第五章の「原則の応用(三)」においても、推移の例として「男女の愛」という個人的事象と「仏国革命」という国家的な出来事が、いずれも激変をもたらす胚珠《はいしゅ》が徐々に育っていったという議論によって、ほとんど同次元に置かれて言及されているのです。

連続する個人と国家

この個人と国家を連続させて捉える思考は、漱石に限らず明治期の知識人に多く見られるものです。

福沢諭吉はその典型であり、『学問のすゝめ』(一八七二〜七六)で強調される「一身独立して一国独立す」という命題は、まさに自律的精神の主体としての個人が集合することによって、はじめて国家としての真の独立が実現されるという思想の表出でした。

また、日露戦争時には非戦論の立場を貫いたキリスト教思想家の内村鑑三《かんぞう》も、「二つのJ」（Jesus と Japan）という理念を表明し、一人のキリスト者であることと自国を愛する者であることを連続させようとしていました。

主人公と同時代の日本を重ね合わせる漱石の着想も、そうした文脈のなかでもたらされています。とくに『それから』や『こゝろ』の主人公に見られる行動の受動性と能動性の結合は、近代日本が西洋文化を受容しつつその輪郭を明確にしていった経緯と照応するとともに、同時代における諸外国との具体的な関係を写し出しています。

開国以来西洋列強の脅威に晒《さら》されつづける状況のなかで、日本はみずから帝国主義国となることで植民地化の危機を逃れる道を選ぶことになりますが、それが明治期の日本における、受動性と能動性の端的な結合の形でした。

とりわけ江戸末期から存在したロシアの脅威に対しては、韓国（朝鮮）、満州を植民地化することによってその南下に歯止めをかけるという政策が取られます。日清戦争では、清への従属から脱させるという名目で、朝鮮の軍事的確保が図られ、日露戦争ではそれを受け継ぐ形で、直接的にロシアの満州への進出の阻止が目指されました。そして日露戦争後は一層明確に、「大韓帝国」となっていた朝鮮の植民地化が推し進められます。

すなわち日露戦争という「大きな物語」が終焉し、不況を深める社会のなかで国家への同一化の意識が希薄化していった〈ポストモダン〉的な状況においても、帝国主義的な拡張という〈モダン〉の物語は枯渇《こかつ》することなく進行していきます。

石川啄木《たくぼく》が「今日の我々青年がもっている内訌《ないこう》的、自滅的傾向は、この理想喪失の悲しむべき状態をきはめて明瞭に語つてゐる。——さうしてこれはじつに「時代閉塞」の結果なのである」と、青年層が将来への展望をもちがたい状況を語った『時代閉塞の状況』を執筆したのは明治四十三年（一九一〇）八月でしたが、まさにその月に韓国併合が成立し、日本の国家的な拡張に拍車がかけられることになりました。

こうした形で日露戦争後の時代は、国家レベルにおける拡張の物語の持続と、民衆レベルにおける物語の喪失と閉塞感の深化という二重性をもって進行していきます。

漱石の世界では前者を物語の〈地〉としつつ、もっぱら後者が〈図〉として描き出されていきますが、村上春樹が反体制・反権力によって括られる六〇年代後半のモダンの物語に親近感を覚えていたのに対して、漱石はこの明治期のモダンの物語に対して懐疑的・批判的な眼差しを投げかけつづけます。漱石の希求は『坊つちやん』の末尾に託されるように、そこから脱却することにありましたが、現実はそれに反してこの物語を持続させていき、それが

〈ポスト〉化される状況はなかなか訪れませんでした。

韓国併合に至る日露戦争後の流れとしては、明治三十八年（一九〇五）十一月に締結された第二次日韓協約（乙巳《ウルサ》条約）で、韓国は日本の仲介なしには他国と条約等を結べないことが明記され、自主的な外交権を失うことになりました。また、この協約によってこの年の十二月に韓国統監府が置かれて、伊藤博文が統監に就任し、韓国を「保護国」化する日本の姿勢はより強化されることになります。さらに明治四十年（一九〇七）七月に結ばれた第三次日韓協約では、日本の韓国に対する保護権は一層拡大され、外交、内政の両面にわたって韓国は自律性を奪い取られることになりました。

韓国の植民地化の流れはその後も加速していき、『それから』が脱稿された明治四十二年（一九〇九）八月の前月に閣議は併合の指針を決定し、韓国司法・監獄事務に関する覚書の調印によって、韓国の主体的な法権は剝奪されることになりました。

それは前々月に、併合に消極的であった伊藤博文が韓国統監を辞任したことと相まって、それまでの保護国化から併合へと日本が進み出たことを示す展開でしたが、『門』が発表された翌明治四十三年（一九一〇）の前半に、日本はロシア・イギリスなどから韓国併合に対する合意を取りつけ、国際社会において既成事実化しようとします。そして同年五月に寺内《てらうち》正毅《まさたけ》が陸相兼任のまま統監府統監となり、八月二十二日に併合の調印がおこなわれるに至りました。

『それから』『門』にとりこまれた日本と韓国

韓国併合は日露戦争後の中心的なF（集合的関心）であり、『吾輩は猫である』や『坊っちゃん』において日露戦争を表象したように、Fの核心たる外部世界の「真」を摑み取ることを「創作家」の第一の職務と考える漱石が、韓国併合をその時期の創作に取り込まないはずはないと考えられます。

とくに『それから』と『門』はまさに韓国併合がなされようとしていた時期に書かれた作品であり、それが明瞭に姿を現わしています。

この二つの作品に共通するのは、友人の妻ないし共棲者であった女性を奪い取ろうとする行動とその帰趨《きすう》であり、『それから』では代助は友人平岡の妻となっている三千代との仲を再燃させ、平岡から彼女を奪い取るに至ります。『門』はその後日譚《ごじつたん》的な物語であり、友人安井からその共棲者であった御米《およね》を奪い取った宗助は、崖下の家で下級官吏として細々とした日々を送っています。

漱石の作品群のなかで、こうした緊密な連続性をもって作品の内容が受け継がれるのは、この二作の間だけです。それはやはり、この時期に韓国併合というFが進行していった事態と照らし合う連続性であり、第一に主人公が他人の妻ないし共棲者を奪い取る展開自体が、韓国という〈人の国〉を奪い取って自分のものにしようとする国家次元での展開の写し絵となっています。

『坊つちやん』の「マドンナ」が、三国干渉で召し上げられることになった遼東半島の比喩であったように、この二作で主人公が友人から奪い取る対象となる三千代、御米は韓国の寓意となります。

実際、89ページの絵に見られるように、韓国併合は当時の雑誌の戯画で繰り返し男女の結婚に見立てられています。併合の調印前に掲載された上の絵では、日韓の併合が内縁関係にあった男女が戸籍係ならぬ「国籍係」に届け出をおこなうことになぞらえられ、韓国の自律性がすでに喪失している状況がうかがわれます。

調印後に掲載された下の絵では、併合後の状況が「結婚の当時」に見立てられ、日本人男性が朝鮮の民族衣装を着た女性の爪を切ってやっている様が描かれますが、そのむつまじさが「引掻かれない用意」であるという皮肉なコメントが添えられ、「引掻かれる」すなわち朝鮮民衆の抵抗運動への憂慮が示唆されています。

こうした寓意的な表象の一環を漱石の作品も担っています。それは決して漱石の想像力が通俗であったことを意味するわけではなく、むしろ世間に流通する感覚を漱石が共有していたということであり、それをモチーフ化したことが漱石を「国民作家」にする一因となっているというべきでしょう。

三千代、御米が韓国の寓意であることは、その名前にも込められています。三千代の「三」が「三国」「三韓」といった朝鮮の古称へのつながりをもつだけでなく、「三千」という言葉は、韓国の国土を表わす古くからある言い回しである「三千里」を想起させます。

また御米という名前も、漱石が明治四十二年（一九〇九）におこなった満韓旅行の際に、高粱《コーリヤン》畑のつづく満州から韓国へ入った際に「始めて稲田を見る。安東県の米は朝鮮米なり純白にて肥後米に似たり」（九月二十七日）「稲田みのる」（十月五日）といった記述を日記でおこなっているように、「米」に強く印象づけられていることの反映としても受け取られます。

したがって、主人公に妻や共棲者を奪われる平岡や安井といった男たちは、義兵の蹶起《けっき》という形で抵抗運動を繰り返しつつ、結局国土を奪われていった韓国民衆に相当する存在であ

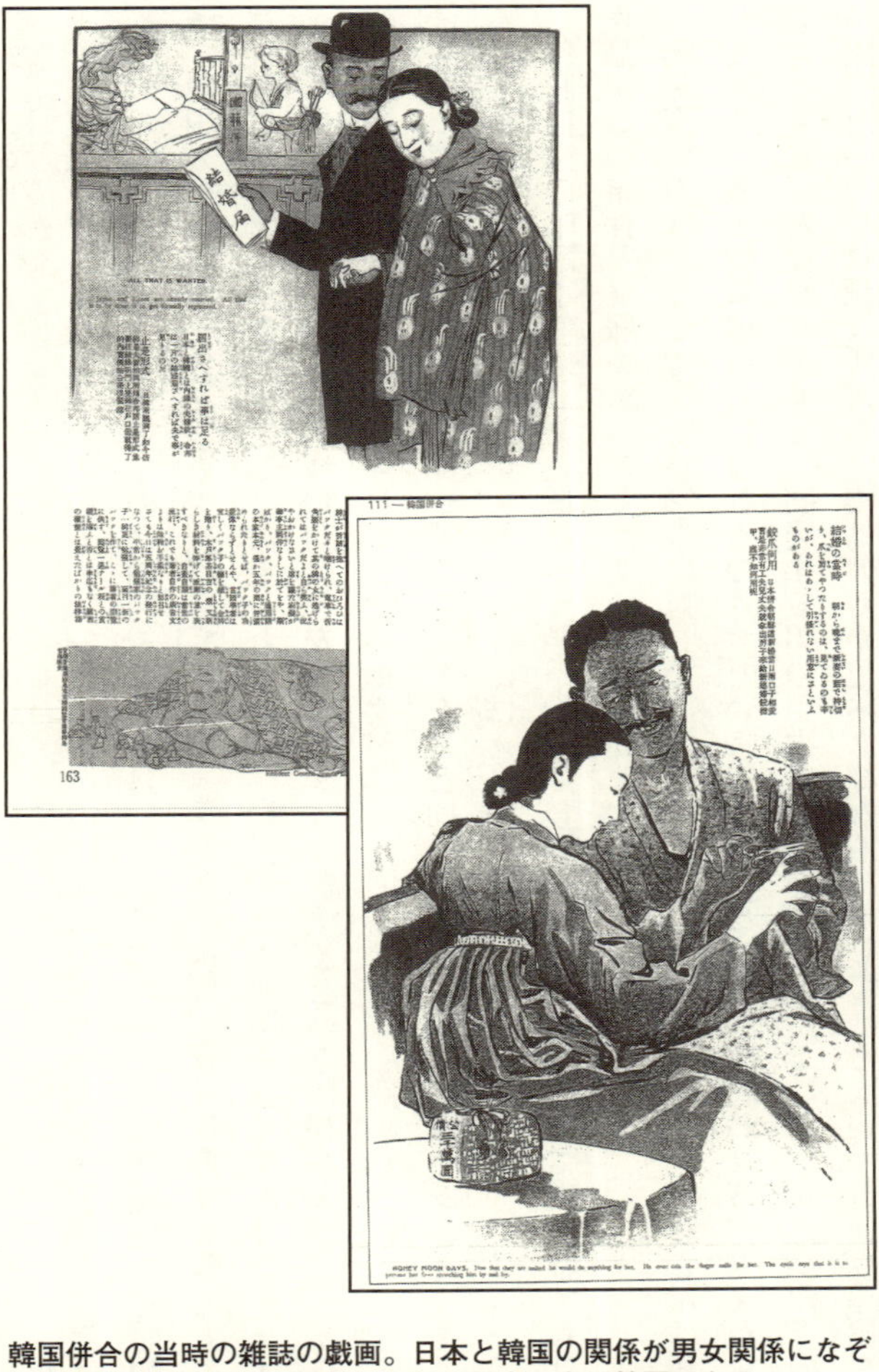

韓国併合の当時の雑誌の戯画。日本と韓国の関係が男女関係になぞらえられていることが分かる。男が日本、女が韓国である。

ることになります。

その文脈をとくに強く担っているのは安井で、その名前に含まれた「安」という文字は、やはり『門』が発表される前年の明治四十二年十月二十六日にハルピンで伊藤博文を暗殺した、韓国人テロリスト安重根《アンジュングン》を想起させざるをえません。実際、安井は御米を奪われた後に大陸に渡っていった人物として設定されており、植民地との連関を強く漂わせています。

また〈宗主国〉の含みをもつ宗助は、安井が日本に帰還するという情報を大家に伝えられると恐慌をきたし、鎌倉に参禅してしまいますが、この展開は安井に込められた記号性をよく表わしています。つまり宗助が他の主人公たちと同じく明治日本を暗喩する存在であるならば、それを脅《おびや》かした人物の影をもつ安井に怯《おび》えざるをえないからです。

伊藤博文の暗殺事件は、第三章という早い段階で登場人物間の話題として現われており、作品がこの事件と文脈をもつことが明示されています。

興味深いのは、ここで宗助が御米に対して、伊藤の暗殺の意味について「伊藤さんは殺されたから、歴史的に偉い人になれるのさ」という、作者自身のそれを思わせる、未来からの眼差しを含んだ見解を示すと、同居する弟の小六《ころく》がそれを引き取って「とにかく満州だの、哈爾賓《ハルピン》だのつて物騒な所だね。僕は何だか危険な様な心持がしてならない」という感慨を口にしていることです。この「物騒」さはまさに「満州だの、哈爾賓《ハルピン》だのつて物騒な所」に赴いた安井が、日本に帰還するという情報のなかで、宗助に及ぼしていたものにほかなりません。

同化しきれない朝鮮

『門』の二年後に書かれた『行人』（一九一二〜一三）においては、主人公の一郎が妻のお直との関係を疑う二郎が、友人ではなく「弟」として登場しています。

この事情についても、『それから』以降の漱石作品に描かれる、主人公をめぐる女性関係が日韓関係の写し絵としての側面をもつことを念頭に置けば理解することができます。すなわちこの時点ですでに日本の植民地として朝鮮という呼称に戻っていた韓国は、近代日本の比喩をなす主人公にとっての〈他者〉では表向きなくなっているからです。

併合後の朝鮮に対しては、大隈重信《おおくましげのぶ》が「朝鮮人も同化されて日本人となるを得べしと信ずるのである」（「朝鮮人には如斯して日本魂を吹込むべし」『実業之日本』一九一〇・九）と述べるように、その文化的独自性を無化して日本の文化に同化させる政策が取られるようになります。

そして「日本人は鮮人を見ること愛する弟の如く、鮮人は日本人を見ること敬愛する兄に対する如く成ればよいのである」（傍点引用者、小松三保松「大正の新時代を迎ふるの雑感」『朝鮮及満州』一九一二・一）といったような、日本人と朝鮮人を〈兄弟〉に見立てる表現も珍しくなくなります。その場合、つねに日本が「兄」に、朝鮮が「弟」になぞらえられることはいうまでもありません。

したがって、一郎が二郎と妻のお直の仲を疑うという作品の展開は、併合によって〈日本〉の一部となった朝鮮が、逆にそのことによって日本に同化しえない他者性と、朝鮮民族への帰属性をうかがわせる状況を示唆することになります。

実際、併合前後から朝鮮に渡っていった日本人の多くは、文化的な異質さに対する強い違和感を表明しています。その多くは否定的なものであり、衛生観念の乏しさ、労働意欲の欠如、無愛想な態度などが、長年にわたる官吏や貴族層の両班《ヤンバン》による搾取の結果であろうという推察をともないつつ、共通した感想として記述されています。

一郎がお直に対して覚える距離感は、〈自国民〉となることによってあらためて浮上してきた朝鮮人の他者性と照応するものであり、そのイメージも似通っています。たとえば「愛嬌に乏しいのは朝鮮婦人の通弊」（愚堂「余の初めて見たる朝鮮」『朝鮮』一九一一・三）といった記述に符合するように、お直も「持つて生れた天然の愛嬌のない」女性として語られています。

また、一郎がお直を「一度打《ぶ》つても落付いてゐる。二度打《ぶ》つても落付いてゐる。三度目には抵抗するだらうと思つたが、矢つ張り逆らはない」という態度を示し、一方でその内心がうかがえないことを一郎は訝しく思いますが、こうした性格は「朝鮮人は敵愾心少く反抗力少き割合には、又陰柔と云ふ方で心服と云ふことの少くない性質を持つて居る」（小松三保松「併合の目的は同化にあり同化せんとすればまず彼我親善融和せざるべからず」『朝鮮』一九一一・九）と記されるような当時の朝鮮人の印象と重なっています。

一郎が二郎に語る「おれが霊も魂も所謂《いわゆる》スピリットも攫《つか》まない女と結婚してゐる事丈は慥《たし》かだ」という言葉は、とりもなおさず併合後の日朝関係を、日本の側から表現したものだといえるでしょう。

一方、傲慢《ごうまん》で狷介《けんかい》な学者であり、必要以上の猜疑《さいぎ》心と現在の居場所に安住できない感覚に苦しめられる日々を送っている一郎の姿が、「外発的」な開化の末に疲弊していく日本人の暗喩であることは、講演「現代日本の開化」（一九一一）で、維新以降息せき切って西洋を追随してきた日本人が「気息奄々《えんえん》として今や路傍に呻吟《しんぎん》しつゝあるは必然の結果として正に起るべき現象でありませう」と語っていることからも明らかです。

この作品では、主人公を近代日本の症例として描こうとする手つきはややあからさまなところがありますが、それだけに漱石の創作の手法を強くうかがわせてもいます。そして二郎やお直を見下す一郎の傲慢な眼差しは、やはり「東洋第一」の大国となった日本のアジア諸国に対する優越心を写し出すものにほかならないでしょう。

「K」の正体とは

こうした漱石作品における韓国（朝鮮）の表象の系譜を踏まえれば、『行人』につづいて大正三年（一九一四）に書かれた『こゝろ』におけるKの頭文字の含意に、Korea（コリア）ないしKorean（コリアン）があることが見えてくるでしょう。

その大陸からの帰還が宗助を脅かす『門』の安井と同じく、Kも先生を脅かす存在であり、その脅威に対抗する手立てとして、先生は「御嬢さん」をめぐるせめぎ合いにおいて、Kの先手を打って彼女を獲得する方策に腐心《ふしん》するのでした。

先生が自分の下宿に導き入れたKは、もともとその学力において先生が太刀打ちできないと感じる相手である点で、先生にとっての脅威でしたが、Kが興味を払わない領域と思われた異性との接触においても、「御嬢さん」への恋情をもらすことによって、先生に与える脅威の度合いは一層高まることになります。さらに、Kはその自死によって先生に衝撃を与え、死後も先生を呪縛しつづけて、彼を毎月の墓参に赴かせることになります。

そして、この脅威の系譜を念頭に置けば、Kの造形における少なくともその起点の一つとして、明治日本の代表的な政治家を暗殺した人物の存在が浮かび上がってこざるをえないのです。

興味深いのは、『こゝろ』の上巻で、Kが〈外国人〉としての記号性をはらむことが示唆されていることです。先生は毎月Kの命日に墓参しますが、雑司ケ谷《ぞうしがや》の墓地で先生を追ってきた「私」と行き会った際に先生は、「私」とともに様々な外国人の墓標の間を抜けて行きます。

先生と私は通《とおり》へ出ようとして墓の間を抜けた。依撒伯拉《イザベラ》何々の墓だの、神僕ロギンの墓だのといふ傍《かたわら》に、一切衆生悉有仏生と書いた塔婆などが建てゝあつた。全権公使何々といふのもあつた。私は安得烈と彫り付けた小さい墓の前で、「是《これ》は何と読むんでせう」と先生に聞いた。「アンドレとでも読ませる積《つもり》でせうね」と云つて先生は苦笑した。

（上五）

雑司ヶ谷墓地は、青山、染井《そめい》、谷中《やなか》などとともに、明治九年（一八七六）に東京府が管理する公共墓地として造成されたもので、漱石自身の墓を含む多くの著名人の墓が点在することでも知られます。葬られているのはほとんどが日本人であり、先生と「私」がその間を歩くような、外国人の墓が集中した場所は、少なくとも現在は存在しません。

Kが葬られているのが雑司ヶ谷墓地であるのは、彼が〈日本人〉として現われている以上不自然ではありませんが、Kの墓そのものはここで姿を現わしません。それはKの墓を出せば、そこに刻まれている名前を示す必要が生じ、Kを「頭文字」ではない表現で提示しなくてはならなくなるのを回避するための策であるとも考えられますが、引用した箇所で外国人の墓が描写されているのはその代わりをなすとも見なされます。

そのように考えた場合、このくだりに盛り込まれた外国人の名前は、姿を見せない墓参の対象がもう一人の〈外国人〉であることを暗示する作用を及ぼすことになります。しかも「私」が読み方の分からない外国人の名前は「安得烈」であり、安井やKの背後に見え隠れする「安重根」と一字を共有しています。

さらに、この名前を漢文風に「安、烈ヲ得」と読み、安重根が明治四十三年（一九一〇）三月の処刑後まもなく祖国で「義士」ないし「烈士」的存在として扱われるようになることを考慮すれば、そこには〈安重根が烈士の名を得る〉という意味を読み取ることができ、とりもなおさずKの真の〈身元〉を浮かび上がらせることにもなります。

「アンドレ」という名前にしても、そのように「読ませる積でせうね」と先生が言って「苦笑」するように、決して確定したものではなく、むしろそれ以外の読み方がありうることがほのめかされているともいえるでしょう。少なくとも「安得烈」と彫られた墓の主が、「安」という姓の東洋人である可能性は消すことができないはずです。

そしてこのKの含意を念頭に置くことによって、もう一人の「K」が召喚されることになります。すなわち、伊藤博文を暗殺した安重根の死刑は絞首刑によるものであり、頸動脈を切り鮮血を迸《ほとばし》らせて絶命したKの最期とは様相を異にしています。

しかし、日韓併合の流れに抵抗する姿勢のなかで、まさにKのように〈首〉を切ってみずから命を絶ったKoreanがいることは見逃せません。それは明治三十八年（一九〇五）十一月末に、第二次日韓協約（乙巳条約）の締結に抗議して、ナイフで首ないし喉を切って自殺した、当時侍従武官長であった閔泳煥《ミンヨンファン》です。

大臣を歴任した高官である閔泳煥の自殺はその凄絶さによって韓国民衆の心に訴えかけ、その鮮血に染まった下衣から九本の細竹が生えたとされます。この事件は当然日本でも報道されており、「東京朝日新聞」明治三十八年十二月二日には、「閔泳煥自殺」の見出しの下に「先頃より部下を使嗾《しそう》して新協約に反対の運動を試みつゝありし前参政閔泳煥は数日前不図《ふと》憂鬱症に罹《かか》り精神に異常を生じ居たるが今朝小刀《ナイフ》にて咽喉を切り見事に自殺を遂げたり」と報じられています。

「憂鬱症に罹り精神に異常を生じ」た末に「小刀《ナイフ》にて咽喉を切り見事に自殺を遂げた」と記される閔泳煥の最期と、「御嬢さん」への恋情によって自己崩壊の危機に晒され、「理想と現実の間に彷徨してふら〳〵してゐる」状態に陥った末に、「小さなナイフで頸動脈を切つて一息に死んでしまつた」Kの最期の間には、さほど大きな距離はないといえるでしょう。

また、「国民新聞」明治三十八年十二月三日では、閔泳煥について「私慾を営むことなかりし一箇の硬骨漢なりし」と紹介されていますが、この記述もKの輪郭を想起させるものです。

漱石のアジア認識

こうしたＫの頭文字に込められた Korean としての含意に対しては、作家論的な観点から疑念が向けられるかもしれません。漱石は中国・韓国（朝鮮）といったアジアの近隣諸国に対しては、軽侮《けいぶ》の念しかもっていなかったという評価が古くから存在するからです。

そうした評価を与える主たる材料として使われてきたものが、漱石が当時の満鉄（南満州鉄道）総裁の中村是公《よしこと》の招きで訪れた満州での見聞を綴った紀行文『満韓ところ〴〵』（一九〇九）です。

確かに「河岸の上には人が沢山並んでゐる。けれども大部分は支那のクーリーで、一人見ても汚ならしいが、二人寄ると猶《なお》見苦しい。斯《こ》う沢山塊《かたま》ると更に不体裁である」といった記述や、中国人を「チャン」と呼んだりする言葉遣いには漱石の差別的な意識が現われているといって誤りではありません。

けれどもこうした表現の根元にある意識が、漱石の表現者としての立場と矛盾をきたしているわけではないと考えられます。つまり、これまで見てきたように、漱石の主たる関心は日本の近代国家としてのあり方にあり、日本人であれ、中国人、朝鮮人であれ、そもそも漱石は社会の底辺で生きる庶民に対してさほど重大な関心を寄せていないのです。

明治三十八、九年（一九〇五、〇六）頃の「断片」に「民ノ声が天の声ならば天の声は愚の声なり」と記され、講演「文芸の哲学的基礎」で「平民に生存の意義を教へる事」が「文芸家」の責務であると述べるように、漱石の眼差しはもともと世間の「民」に対して超越的です。こうした意識が中国人、朝鮮人に対して顕在化したのが『満韓ところ〴〵』であったと見ることができます。

皮肉なのは、主に中国人、朝鮮人に対して投げかけられる侮蔑的な描写が、他方では国家主義に対して距離を取ろうとする漱石の個人主義的な眼差しと結びつくということです。

漱石の個人主義の出発点は、幼少期から親しんできた漢文学と、青年期になって学んだ英文学との落差の狭間で、それを架橋する文学の普遍性を自力で見出そうとしたところにあります。「私の個人主義」ではその事情について「此時私は始めて文学とは何《ど》んなものであるか、その概念を根本的に自力で作り上げるより外に、私を救ふ途《みち》はないのだと悟つたのです」と語っています。このそれまでの知的営為の堆積に支えられた自己の感覚的判断への信奉が、漱石を「個人主義者」へと導くことになりました。

ちなみに村上春樹の主人公も個人主義的な生活者ですが、それは「デタッチメント」と評されたりするような、自己の領域を守り、みだりに他者の生き方に口をはさまないような姿勢を指しています。

必ずしも春樹自身の「主義」ではないこうした姿勢が、他者への批評を回避する性格を帯びているのに対して、漱石の「個人主義」はむしろ批評の起点であり、その政治的、倫理的な認識とは別個に、自身の感覚が肯定できないものに対しては否定的な言辞を投げかけることになります。中国人のクーリーの姿を、「汚ならしい」あるいは「不体裁」と受け取るのは、こうした漱石の感覚的判断が発動した例にほかなりません。

けれどもこうした感覚的な判断は、当然その対象を肯定的にも捉えることもあり、中国人、朝鮮人に対しても積極的に評価する記述が織り交ぜられていることは見逃せません。

大連の豆油工場で働く労働者たちの描写では、「クーリーは大人しくて、丈夫で、力があつて、よく働いて、たゞ見物するのでさへ心持が好い」と記され、粗食にもかかわらず、長時間の重労働をこなす労働者の体力への感嘆が表明されています。漱石は彼らのたくましい肉体を眼にして「昔韓信に股を潜《くぐ》らした豪傑は屹度《きつと》こんな連中に違いない」という感想も覚えています。

また『満韓ところ〴〵』に現われない韓国における見聞においては、日本人の職人たちが喧嘩をして「何時迄たつても埒《らち》あかず」という状況であるところを、「風雅なる朝鮮人」が

「冠を着けて手を引いて其下を通る」構図について「実に矛盾の極なり」という印象を覚えるくだりが、日記の記述（九月二十九日）に見られます。

宗主国となりつつある国の人間が野卑な姿を見せ、その支配下に置かれつつある民族が「風雅」な様相を呈しているズレを「矛盾の極」として受け取るのは、やはり漱石の感覚的評価の一例ですが、そこでは朝鮮人の存在が肯定的に位置づけられています。

しかし、同時にそれが「矛盾」であると語られるのは、日本人の朝鮮人に対する優越が前提されているということでもあります。

日記の記述においては、先に引用した「米」の記述に見られるように、漱石は総じて韓国で出会う風物に親しみを感じていますが、それは基本的に日本への近しさによって肯定されるものであり、日本の自然や文化から距離のあるものに対しては違和感が表明されています。その基底にはやはり、日本の進出を自然のものとして受け取る感覚が漱石の内にあることは否定しえません。

おそらくこの点についての漱石の意識はアンビヴァレント（両価的）であり、日本が帝国主義的に強化されることを、国際社会における自国の安定の条件として喜ぶ心性と、他国の主体性を踏みにじる行為を否定的に眺める眼差しを共在させていました。そのアンビヴァレンスをよく示しているのが、小宮豊隆に宛てた明治四十年（一九〇七）七月十九日付の書簡に記された、多く引用される以下のような一節です。

朝鮮の玉〔王〕様が退位になつた。日本から云へばこんな目出度《めでたい》事はない。もつと強硬にやつてもい丶所である。然《しか》し朝鮮の王様は非常に気の毒なものだ。世の中に朝鮮の王様に同情してゐるものは僕ばかりだらう。あれで朝鮮が滅亡する端緒を開いては祖国へ申訳がたたない。実に気の毒だ。

この書簡の背景をなすのは、同じ月に起きたいわゆるハーグ密使事件です。韓国を保護国化する第二次日韓協約（乙巳条約）に対して、韓国皇帝の高宗《コジョ》が万国平和会議が開かれるオランダのハーグに密使を送り、協約の不当を訴えたことに激怒した韓国統監伊藤博文は、高宗を退位させるように日本政府に働きかけ、それを実現させました。

この書簡のくだりでは、日本の国策が貫かれることを肯定しつつ、同時に隣国が「滅亡する端緒」が開かれたことが憂慮されているのです。

個人主義と国家の関係

重要なのは、個人の審美的な眼差しを重視する漱石の個人主義が、こうした心性とも連続して、中国・朝鮮への侵略を否定的に位置づけているということです。

友人から共棲者を奪い取った『門』の宗助や、友人が執着する女性を策略的に妻として得た『こゝろ』の先生は、いずれも子供に恵まれず、淋しげな人生を送っています。彼らが明治日本の暗喩であるならば、その活力を欠いた淋しさは日本の帝国主義的な拡張の不毛を示唆しており、また先生がKの墓参を毎月つづけるのは、端的に韓国を併合したことへの詫びの意味を含んでいます。

また『行人』の一郎が朝鮮を表象する妻や弟に対して傲慢な態度を取りながら、神経衰弱で苦悩していたのも、近代日本の進み行きに対する批判以外の何ものでもありませんでした。

前節で述べたように、漱石の個人主義の出発点は、漢文学や英文学といった枠組みを取り払った地点でなされる、自身の感覚的判断への信奉でしたが、見逃せないのは、この個人の主体性への回帰が、国家への意識を強く浮上させている点です。

漱石の内には、個人と国家を地続きに連続させる着想があるために、意識的主体としての個人の存在が明確化されることは、その個人を包摂している国家の存在の比重を高めることになります。現に「私の個人主義」では、それによって到達した「自己本位」という境地について、次のように語られています。

自白すれば、私は其四字から新たに出立したのであります。さうして今の様にたゞ人の尻馬にばかり乗つて空騒ぎをしてゐるやうでは甚だ心元ない事だから、さう西洋人振らないでも好いといふ動かすべからざる理由を立派に彼等の前に投げ出して見たら、自分も嘸《さぞ》愉快だらう、人も嘸喜ぶだらうと思つて、著書其他の手段によつて、それを成就するのを私の生涯の事業としやうと考へたのです。

そして漱石はこの境地を立脚点とすることによって、「軽快な心をもつて陰鬱な倫敦《ロンドン》を眺め」るという、西洋を相対化する眼差しを得ることができたと語っています。こうした経緯を考慮すれば、漱石における個人主義と国家への志向との関係を理解することができます。

漱石にとって国家はいわば拡張された個人でした。感覚的判断の主体としての個人が尊重されるべきものであるならば、個人の意識活動の文化的基盤となる、それぞれの国の独自性もまた尊重されるべきであることになります。

「私の個人主義」で漱石は「我々は他が自己の幸福のために、己れの個性を勝手に発展するのを、相当の理由なくして妨害してはならないのであります」と語り、さらに「自己の個性の発展を仕遂げやうと思ふならば、同時に他人の個性も尊重しなければならない」といいかえています。

直接語られていないものの、それは漱石的思考のなかで、〈自国が発展を遂げようと思うならば、他国が発展しようと努めるのを妨害してはならない〉という主張となるはずです。

この点については、小森陽一が『漱石を読みなおす』（ちくま新書、一九九五）のなかで「ある国家が、自分の「自由」を拡張するために、他国を侵略することは許されないはずです。（中略）「個人主義」の倫理を、国家間の倫理にしたとき、そこには明らかに帝国主義批判の論点が屹立するのです」と述べているとおりです。

すなわち漱石が「個人主義者」であろうとする限り、「個人」としての日本という国家は、韓国というもう一つの国家の進み行きを阻害してはならないのであり、それを植民地化することには異議を唱えざるをえません。それは好き嫌いの問題ではなく理念の問題であり、たとえ漱石が韓国という国やその民族、文化を好んでいなかったとしても、その国の主体性を奪い取り、日本の領土に組み入れることに対して、否定の姿勢を示すことになるのです。

もともと漱石は現実世界の「真」を摑み取るという信念から、近代化への邁進《まいしん》が派生させる様々な矛盾や問題をはらんだ日本という否定的なものを描きつづけた作家であり、感情的な好悪とは別次元の問題意識によって対象を捉える資質を備えていました。そうした眼差しのなかで、漱石は支配されつつある弱者の視点を、作品に込めることができたのです。

第4章　情報に支配される現代〈春樹〉

『羊をめぐる冒険』

中国への関心と「罪」の意識

夏目漱石の作品で繰り返し比喩的に盛り込まれる〈韓国（朝鮮）〉に相当する対象が、村上春樹においては〈中国〉です。作品世界において占める比重は、漱石における韓国ほど大きくないものの、はっきり中国と名指しされて登場することも少なくなく、春樹の関心の在り処を示しています。

異なるのは、漱石にとって日韓関係が同時代の関心事であったのに対して、春樹にとっての日中関係は、同時代的な側面をもちながらも、むしろ過去の歴史を問い直す性格の方が強いということです。

春樹の意識は、主として近代における日本の中国をはじめとするアジア諸国への侵略行為を批判的に捉え直すことにあり、またその点では漱石のそれときわめて似ているということができます。ただ、生きる時代の相違から、漱石がリアルタイムで描き出した問題が、春樹にとっては過去に向き合う形で現われているということです。

もちろんその時代の差異には大きな意味があります。戦後に生まれた春樹は直接戦争を経験したわけではなく、同時進行的に見聞したわけでもありません。けれども、もともと春樹には六〇年代後半の反体制運動に共感する心性があり、国家的な暴力に対する嫌悪感が存在します。

二〇〇九年のエルサレム賞の受賞講演で語ったように、春樹には戦争に行った父親があり、彼が兵士として中国大陸で経験した戦争の残虐《ざんぎやく》さを知らされていたようです。そこから外国雑誌のインタビューで「父親の世代のやったことに僕たちは責任があります。彼らが生み出した記憶を僕らも共有しているからです。戦争中なされたことに僕たちは責任があります」(都甲幸治「村上春樹の知られざる顔」『文學界』二〇〇七・七、による)と語るような、アジア諸国に対する罪責感が抱かれていることがうかがわれます。

けれどもそれは実感としては、おそらく漱石が韓国を「気の毒」と思うよりもはるかに希薄なものであり、そのため作品では、現時点では眼に見えないものが周囲の事象や人間関係に投影されるといった、漱石よりも一層暗喩的な手法によって表わされることになります。

初期の『中国行きのスロウ・ボート』（一九八〇）はそうした主題と手法によって成った作品のひとつです。語られるものは、「僕」が日本に在住する様々な中国人との間でもった交わりや接触の追憶ですが、それらが彼の記憶にとどまっているのは、そこで何らかの軽微な打撃や痛手を相手に与えてしまったという感覚があるからです。

とくにそれが明瞭なのは、アルバイト仲間の中国人の女の子を、山手線の逆回りの電車に乗せて、家の門限に遅れさせてしまった話と、百科事典のセールスマンになっているかつての同級生だった中国人のセールスを断った話で、日本人相手であれば忘れてしまっていたかもしれないこうした挿話的な出来事が彼の意識から脱落しないのは、やはりその相手が中国人だったからです。

藤井省三《ふじいしょうぞう》は村上春樹における中国の表象を論じた『村上春樹のなかの中国』（朝日新聞社、二〇〇七）で、この作品の基底にあるものが「中国人への罪というテーマ」であると述べていますが、これは当たっているにしてもやや強すぎる言い方です。作者は実感としては「罪」として意識することが難しい歴史的な問題を、暗喩的なレベルで現代の物語のなかに溶かし込もうとしています。

それがさらに顕著なのは、同時期の短編である『貧乏な叔母さんの話』（一九八〇）です。いつの間にか自分の背中に貼り付いていることに気づいた「貧乏な叔母さん」を背負いつづけるというこの寓話的な作品において、「僕」はこの状態について「実は苦労というほどのものでもない」といいながらも、その存在を消し去ることは「無理」であると、テレビの司会者に向かって断言するのでした。

背負うこと自体は決して「苦労」ではないものの、縁を切ることができない「貧乏な叔母さん」とは、とりもなおさず日本が侵略の対象として〈貧しく〉してきた相手である〈中国〉のことにほかなりません。

「貧乏な叔母さん」が〈中国〉を意味していることは、「僕」がその存在に気づいたのが「八月の半ば」であったことにも示唆されています。「八月の半ば」とはいうまでもなく終戦の時期であり、侵略の相手としての中国との関係を、一九四五年のこの時期以降、日本は背負うことになりました。

また、「僕」が司会者に「貧乏な叔母さん」との関わりの断ち切りがたさを語る言葉は、村上春樹自身が戦争について語る言葉と近似しています。すなわち「僕」は司会者に対して「貧乏な叔母さん」の存在を消し去ることは「無理」であり、「一度生じたものは僕の意志とは関係なく存在しつづけるのです」と語りますが、それは先に引用した「父親の世代がやったことに僕たちは責任があります。（中略）戦争中なされたことに僕たちは責任があります」というインタビューでの発言とつながるものです。いずれも自分の意志と無関係に生じた〈重荷〉である相手との関係から、決して無縁ではありえないという認識が提示されています。

二〇〇四年の『アフターダーク』では、ラブホテルで日本人の客に暴行された中国人娼婦と接触する日本人の女子学生の眼差しを通して、これらの作品よりも直接的な形で、日中関係への問題意識が現われています。

主人公のマリは中国語を専攻する大学生として設定されていますが、彼女が中国語を学び始めたきっかけは子供時代に受けたいじめであり、中国人の通う学校に転校してかろうじていじめを逃れたマリは、それ以来この隣国に興味をもちつづけています。この設定にも示されているように、マリ自身がいじめという暴力に晒された経歴の持ち主であり、それゆえ暴行された中国人娼婦にも強い親近感を覚えるのでした。このマリの意識のあり方が、作者自身の問題意識を投影したものであることは明瞭です。

った時期でした。

情報社会による新たな暴力

『アフターダーク』が発表された二〇〇四年は、日中関係の緊張感があらためて高まってい

前年の二〇〇三年には西安で日本人留学生の演じた寸劇が、不道徳なものであるとして中国人学生の暴動が起こり、翌二〇〇四年にはサッカーのアジア杯で、中国人観客によって日本チームに激しいブーイングが浴びせられました。さらに二〇〇五年四月には北京で大規模な反日暴動が起こり、日本大使館をはじめとする多くの日本関係施設が投石などの攻撃の対象となり、さらに香港や瀋陽《しんよう》でも反日デモがおこなわれたことは記憶に新しいところです。

その点で、春樹における日中関係の問題性が、漱石における日韓関係と同じく同時代性を帯びていることは否定できませんが、それを主題化することが春樹の世界では中心的な位置を占めることはなかったようです。

漱石においては日露戦争後の状況は、国家への同一化の感情が低減していきながらも帝国主義的な拡張が進行していくという、二重性をはらんだものとして作品の基調をなしていました。一方、春樹が描く七〇年代以降の世界においては、こうした二重性は見られず、六〇年代後半の情念的昂揚とは別個の問題性が比重を高めていきます。

それが、進展する情報社会に生きる人間の個のあり方であり、そこにおいては暴力の問題が対外的な侵略とは別個の形で浮上してきます。すなわち作者が活動を始めた七〇年代末以降に急速に進展していく社会の情報化は、個人を管理する力としても機能するのであり、そこで生きることで人間の主体性が奪われる状況は、やはり暴力のひとつの形と見なされるのです。

その端的な例は、一九八五年の『世界の終りとハードボイルド・ワンダーランド』に見ることができます。

この長篇の作品では、数的な情報を自身の脳において変換を与えて暗号化する、「計算士」という職業に就いている「私」をめぐる「ハードボイルド・ワンダーランド」の物語と、一角獣が行きかう静謐《せいひつ》な街で、動物の頭骨に刻まれた夢を読む「夢読み」という仕事をつづける「僕」をめぐる「世界の終り」の物語の二つが、章を交互にして進んでいきます。

主筋というべき「ハードボイルド・ワンダーランド」の「私」は、その職業の特殊さゆえに情報を奪い合う組織間の対立にも巻き込まれ、敵対する組織のメンバーが「私」の住むアパートにやって来て彼の部屋を破壊し、彼の腹を浅くナイフで切り裂くといった物理的な暴力も描かれます。

それだけでなく、彼は仕事のひとつである「シャフリング」と呼ばれる情報処理技術を開発した博士によって、ある回路を脳に埋め込まれるのですが、それが解除できなくなることによってその回路に閉じこめられ、現実世界を生きる意識を永久に失ってしまうという帰結を迎えます。これも情報社会において主人公が受けた暴力の形として見なされるでしょう。

また後の節でくわしく述べるように、その三年前に発表された『羊をめぐる冒険』（一九八二）は、特殊な斑紋をもった羊を探しに北海道へ赴くという、「シーク・アンド・ファインド」（宝探し）的な筋立てのなかに、情報の操作によって主人公の主体性が気づかないうちに奪い取られているという、やはり情報社会の暴力性をはらんだ物語として成り立っています。

『世界の終りとハードボイルド・ワンダーランド』の「私」は、その計算士という職業の特性において、翻訳業を営んでいた『1973年のピンボール』（一九八〇）の「僕」を引き継ぐ存在です。この二つの作品の主人公が翻訳業あるいは計算士という職を選んだのは、おそらくそれが比較的自律性の高い職業であり、資本主義社会のシステムのなかで、企業の歯車として酷使されることを回避しつつ生計を立てることができるからでした。

皮肉なのは、にもかかわらず彼らがこうした専門職的な仕事に就くことによって、その主体性が危うくされる状況に身を置いているということでしょう。彼らの職業はいずれも情報の媒介者的な性格をもち、情報の流通に身を晒すことによってはじめて十全にこなされる性格を帯びています。そしてその派生的な結果として、彼らは確保されるべき自身の主体性が希薄化されることにもなるのでした。その姿が、彼らの生きている二〇世紀後半の産業界の様相と重なることはいうまでもありません。

情報社会のはらむ暴力性について考える前に、この時代における変化について少し眺めておきます。

『風の歌を聴け』（一九七九）から『羊をめぐる冒険』（一九八二）に至る三部作の時代的背景となる一九七〇年代は、第一次オイルショックの起こった七三年頃を境として、粗鋼やアルミニウム、綿糸といった素材産業の生産量が減少ないし停滞していく一方で、自動車や電気機器などの機械産業が伸びていくという変化が生じた時代でした。カラーテレビや卓上電卓といった、人びとが情報を入手あるいは整理するための機器もこの時期に飛躍的に普及していきます。

『羊をめぐる冒険』の主人公は、前作の翻訳事務所を発展させた広告会社を友人と営んでいますが、彼らが関わっている広告産業も、その規模を拡大させ、上位二〇社の売り上げ総額は、七一年の四二〇〇億円弱から八〇年の一兆三七〇〇億円以上へと急増していきます。

工場やオフィスのオートメーション化（ＯＡ化）が本格的に進められていったのも七〇年代からでしたが、この流れの拡がりに不可欠の道具となったパーソナル・コンピューターについて見れば、インテル社製のマイクロプロセッサ８８００を装着した第一号機「アルテア」が発売されたのは一九七四年一月でした。

また一九歳であったビル・ゲイツがポール・アレンとともにマイクロソフト社を興したのも一九七四年であり、七六年にはアップル社が創業されています。日本における出荷台数も、七八年の一万台から二年後の八〇年には一一万台へと急増していきました。

作品にこめられた情報テクノロジーの変容

このように眺めると、一九七〇年代が、第三次産業の進展とともに、現在にまで至る情報社会の高度化が実現されていった時代であったことが分かります。

見逃せないのは、村上春樹は、作家としての出発時から、人間と人間を取り巻く情報との関係性を作品に盛り込んでいたことです。『風の歌を聴け』においては、主人公が関わる情報はもっぱらラジオのＤＪが語る言葉であり、あるいはそのＤＪからかかってくる電話の言葉でした。

こうした〈人の声〉として主人公に届けられる聴覚的情報は次作の『1973年のピンボール』（一九八〇）でもやはり高い比重を占めています。それを担う道具が前作でも現われていた電話であり、とくに「僕」が回想する一九七〇年の光景においては、それが強く前景化されています。

ここで学生の「僕」はアパートの管理人室の隣の部屋に住んでいたことから、アパートに唯一ある管理人室の電話を、他の住人に何度も取り次ぎ、しばしば彼らに郷里の家族や友人の声をもたらす媒介者となります。

『1973年のピンボール』における情報は、『風の歌を聴け』を受け継ぐ形で、〈肉声〉の感触をとどめた次元で、人と人を結びつける聴覚的情報としての性格をもっています。けれどもこの作品に込められているのは、むしろそうした身体的感触をとどめた聴覚的情報が、次第に時代にそぐわないものとなっていくという感慨です。

中盤で語られる、配電盤の弔《とむら》いはそれを象徴的に示しています。一九七三年の現在における「僕」がどこからかやって来た双子の少女と暮らすアパートを電話局の男が訪れ、古い配電盤の交換をおこない、用済みとなったこの配電盤を「僕」は、「配電盤よ貯水池の底に安らかに眠れ」という言葉とともに貯水池に投げ込むのでした。

配電盤とは一般的には電力を分配するための装置を指しますが、ここではむしろ記号的な意味合いにおいて機能しています。電話局の男が、双子の少女に配電盤とは何かと尋ねられて「電話の回線を司る機械だよ」と答え、さらに「母犬」と「仔犬」の比喩を用いて説明するように、ここでの配電盤とは、外部から届けられる情報を一手に集め、それを個々の受け手に分配する親元的な配信者の比喩にほかなりません。それはいいかえれば、「母犬」的な情報の配信者ないし媒介者がいなければ、個々の人間が情報を手に入れることができないという次元のテクノロジーです。

「僕」自身が、回想として語られる一九七〇年の生活において、外からの電話をアパートの住人たちに取り次ぐという、「配電盤」的な役割を果たしていました。あるいは『風の歌を聴け』においても、ここに登場するＤＪは、やはり「配電盤」として自分の元に寄せられた葉書の言葉を紹介することで、そこに盛り込まれた情報を聴取者に配信していました。

そこから、『１９７３年のピンボール』のなかで、配電盤が葬られる儀式が語られることの意味も明瞭になります。この儀式は、誰かが媒介者となって、主として聴覚的情報を多くの個人にもたらしていくという形のコミュニケーションが過去のものとなりつつあることの表現にほかなりませんでした。

　もちろんそこには、作品の時間である一九七三年ではなく、執筆時である七九年から八〇年にかけての作者の認識が込められています。一九七三年においては、住宅用電話の普及率は世帯比でまだ五〇％に達しておらず、ラジオのＤＪも、音楽を主とするスタイルからトークを売り物にするスタイルに様相を変えつつ、いまだ隆盛の途上にありました。

　一方、作者が筆を執っているのは、ワードプロセッサーやパーソナル・コンピューターが普及し始めた時代においてであり、ラジオや電話によってもたらされる聴覚的情報は、決して主流としての位置を占めえなくなっています。

　人びとの心が向かっているのは、テレビやコンピューターの画面からより早く、大量にもたらされてくる視覚的情報であり、作者はその時代に身を置きつつ、〈声〉によって人と人が結びつけられていた時代の終焉を、遡及的に強める形で描いているのだといえるでしょう。その意味でこの作品は、分身としての鼠に託された、六〇年代的な暗い情念に対する距離を確立しようとする物語であると同時に、古い〈ローテク〉的な情報テクノロジーの終焉を確認しようとする物語でもありました。

　その一方で、作品のなかの時間から約六年経過した地点で書かれたこの作品には、それ以降進展していく、無機的で非身体的な情報テクノロジーの流れが内包されています。それを端的な形象として物語っているのが、「僕」がアパートで共棲する双子の少女です。川村湊《かわむらみなと》はこの双子を見分けのつかない同一性を帯びている点で、「耳」の比喩として捉えています（『批評という物語』国文社、一九八五）が、彼女たちはむしろ、人間の元に届けられる、より画一化された視覚的情報の暗喩だと考えられます。

双子の少女は「僕」がある朝「目を覚ました時」両端にいたのであり、彼が執着するピンボール・マシーンの「スペースシップ」との再会と別れを果たした後、「もとのところ」に帰るといって、「僕」の元を去っていきます。

この出自も帰属する場所も分からない彼女たちは、生身の人間であるとは思われません。では彼女たちは何者なのでしょうか。

この双子の少女たちは執筆時から過去の時間へ送り込まれた存在であり、『風の歌を聴け』（一九七九）においてと同じく、ここでも作者は人物を時間移動させる手法を用いています。むしろ『１９７３年のピンボール』においては、『風の歌を聴け』よりもこの手法がはっきりと使われているといってよいほどです。

彼女たちが本来一九七三年を生きる形象ではないことは、たとえば当時終息しつつあったベトナム戦争について何も知らないといった描写にも現われていますが、彼女たちに付与された「208」「209」という数的な符号からもそれがうかがわれます。

この符号の意味するものを探るのは、それほど難しいことではないでしょう。主に意味をなすのははじめの「208」であり、この数字の並びを逆にして「802」とすれば、それはこの作品が掲載された『群像』一九八〇年三月号が発売された一九八〇年二月という〈現在時〉を指し示すことになるからです。「209」はこの含意を目立たなくするために添えられた符号であるとともに、彼女たちがより高度に情報化された社会を大量に流通する、個別性を見分けがたい〈情報〉の暗喩にほかならないことを物語っています。

プログラムによって動かされる主人公

『1973年のピンボール』につづく、三部作の完結編である『羊をめぐる冒険』は、こうした情報技術の進展を踏まえつつ、先にも触れたように、個人を翻弄《ほんろう》し、その主体性を奪い取る力を振るうこともある、現代の情報社会の姿を浮かび上がらせる物語として捉えられます。

この物語では、友人と広告代理店を共同経営する「僕」が、ある生命保険会社のPR誌で使った写真に写っている、特殊な斑紋をもつ羊を探し出すことを「右翼の大物」の秘書を名乗る「黒服の男」に要請され、「耳のモデル」の女とともに北海道まで探索に赴くことになります。「僕」は結局、目的の羊を見出すのではなく、鼠の父親のもつ別荘に辿り着き、そこでみずから命を絶った鼠の亡霊らしきものと出会うという帰結を迎えることになります。

このアンチ・クライマックス的な結末は、「僕」が鼠の別荘に到着した時点で突然「耳のモデル」が姿を消してしまう展開と相まって、読み手に分かりにくい印象を与えがちです。けれどもここで追ってきた個人と情報の関係性という問題に照らせば、この帰結はむしろきわめて合理的にもたらされた収束点として受け取られます。つまり、この作品における「僕」の行動を動かしていたのは、初めから鼠だったのであり、彼が「右翼の大物」の秘書を名乗りながら、実は自分のファミリーのメンバーである「黒服の男」や、おそらくそこから手配された「耳のモデル」の女を使って、「僕」に「羊」ではなく「鼠」を探す旅を北海道までさせたと考えることができるからです。

それは物語の発端から示唆されつづけています。たとえば「僕」がPR誌の表紙に用いた羊の群れを写した写真は、もともと鼠から送られてきたものであり、「一枚の写真を送る。羊の写真だ。これをどこでもいいから、人目につくところにもちだしてほしい」という依頼に「僕」が応じたものでした。

　この段階で鼠は、その写真が公の場所に出た時点で、それを差し止めさせるという形で「黒服の男」を「僕」に接触させることを考えていたはずです。そして「黒服の男」には、特殊な力をもった羊という虚構の物語とともに、「右翼の大物」との連関をほのめかして圧力をかけさせ、自分（鼠）を探す旅に発《た》たせたのだと考えられます。

　もっとも自分の居場所である北海道の別荘を「僕」が短期間でつきとめるのは困難な仕事であり、「耳のモデル」の女はそれを手助けする案内役として配されています。したがって彼女が、「僕」とともに北海道に赴き、鼠の父親の別荘にまで辿り着いた時点で姿を消してしまうのは、不自然な展開ではありません。もともと「僕」をそこに到達させることが彼女の役割だったからです。

「耳のモデル」の女が「僕」に探索のヒントを与える場所は数多くありますが、もっとも明瞭なのが、彼らが札幌で滞在先を「いるかホテル」（＝「ドルフィン・ホテル」）に決めるくだりです。札幌にやって来た「僕」と「耳のモデル」の女は電話帳を繰って泊まるホテルを探しますが、ホテル名を読み上げる「僕」が「いるかホテル」の名をいった時に、彼女は突然ストップをかけます。

「それがいいわ」

「それ？」

「今最後に読んだホテルよ」

「ドルフィン・ホテル」と僕は読んだ。

「どういう意味？」

「いるかホテル」

「そこに泊まることにするわ」

「聞いたことがないな」

「でもそれ以外に泊まるべきホテルはないような気がするの」

（第七章「いるかホテルの冒険」）


そう「耳のモデル」の女は決めつけ、結局彼らは「いるかホテル」を札幌での投宿先に選ぶことになります。ここで彼女が「それ以外に泊まるべきホテルはない」と断定する理由は明らかです。そこには日本の羊の事情に通じた「羊博士」がおり、彼との出会いによって

「僕」の探索は進展を与えられることになるからです。

　おそらく「僕」を「いるかホテル」に泊まらせるのが、「耳のモデル」の女に与えられた第一の任務であり、泊まるのはそこ以外にないと彼女が断言するのは必然的でした。そして鼠の別荘にまで「僕」を導いて来るという、自分の終局的な仕事を果たした時点で彼女が姿を消すのは自然な展開です。

　そのことは、『羊をめぐる冒険』の続編をなす六年後の『ダンス・ダンス・ダンス』（一九八八）でも回顧的に示されています。ここで主人公はかつて「耳のモデル」の女とした北海道への旅を思い起こし、「僕にも今ではわかる。彼女の目的は僕をそこに導くことにあったからだ」と確信をもって推察するのでした。

　こうした展開の起点に存在する鼠の輪郭は、前二作のものと違った側面を加えているといえます。これまで鼠は六〇年代的な情念に執着し、七〇年代の散文的な冷ややかさになじめない青年として位置づけられてきましたが、ここでの彼はそうした輪郭を残しながら、むしろ資本と情報を駆使することで、他者を操作しうる力をもった存在として捉えられます。「耳のモデル」の女にしても、彼女は同時にある組織に属するコールガールでもあり、資本家である鼠のファミリーがこの組織に手配して、彼女に探索の案内役をさせることは容易なことです。

もっともこうした鼠の輪郭は、これまでの位置づけととくに矛盾するわけではありません。もともと鼠は「金持ちの青年」として村上春樹の世界に登場していたのであり、『ダンス・ダンス・ダンス』では、「高度資本主義社会」において彼の分身ないし後身である「羊男」は、「僕」と再会するためにだけ、ホテルを大規模化する際に「ドルフィン・ホテル」という名前を残したのだと語っていました。

『羊をめぐる冒険』の「僕」は、「耳のモデル」の女が〈善意〉で自分と寝てくれていると思ったり、鼠が北海道で撮った写真を送ってきていたにもかかわらず、自分の向かう先が鼠に関わる場所であることになかなか気づかないなど、総じて明敏さを欠いた人間として描かれていますが、これは物語を成り立たせるために不可欠の要素です。

もし彼が明敏な人間であれば、最初の段階で鼠と「黒服の男」との関係に気づき、羊を探す旅に発つ必要がなくなっていたかもしれません。またその愚鈍さによって、「僕」は情報に操作される対象として、現代社会の断面を浮かび上がらせる役割を果たすことにもなっています。

物語の終盤でようやく「僕」は、自分が主体的な判断にしたがって行動しているつもりであったのが、実は何者かによってつくられたプログラムの上を動いているだけであったらしいことを悟るに至ります。それは鏡の前で口元を手の甲で拭った「僕」が、にもかかわらずその直後に「今となっては僕が本当に自由意志で手の甲で口を拭いたのかどうか、確信が持てなかった」というくだりによく現われています。

それはさらに、北海道までやってきた「黒服の男」の語る「種をあかせばみんな簡単なんだよ。プログラムを組むのが大変なんだ。コンピューターは人間の感情のぶれまでは計算してくれないからね、まあ手仕事だよ」という言葉によって補強されます。「僕」のそれまでの行動が、すべてこの「プログラム」の予測値の範囲内でなされたものであったことが明らかになるのです。

情報に踊らされる人間とその反逆

こうした形で『羊をめぐる冒険』は、資本主義社会における情報操作によって、個人の主体性が無化されることにもなる暴力性を強く浮かび上がらせる物語でした。それが主として一九七八年に設定された作中の時間よりもやや後に来る、一九八〇年代から現在に至る情報社会を特徴づけるものであることはいうまでもありません。

けれども作品が書かれた一九八二年が、まだパーソナル・コンピューターが個人レベルで普及するには至っておらず、インターネットの活用も始まっていない段階であったことを考えると、ここに込められた時代に対する先見性はきわめて鋭いものがあります。

八〇年代後半から情報社会の特質について示唆的な著作を発表していったデイヴィッド・ライアンは、『新・情報化社会論』（原書一九八八）のなかで、ミシェル・フーコーがシステム化された民衆管理の装置として描いたパノプティコン（中央に監視塔をもつ円形刑務所）による監視と同様の性格を、現代の情報社会が帯びていることを指摘しています。

ライアンはパノプティコンが官僚主義とコンピュータの両方に「先行」していながら、しかも後者がそれぞれ、人びとの「行動の軌跡」を細部に至るまで摑み取ってしまう「行動監視能力」を大きく進展させていると述べています。

また同じ著者の『監視社会』（原書二〇〇一）では、現代のパノプティコンが、データベース化された個人情報の把握によって実現されることが強調されていますが、「僕」の仕事の内容から私生活までをデータベース化して把握している「黒服の男」が、それに基づいて「僕」を北海道の鼠の別荘にまで辿り着かせるプログラムを組んだことは、作中で語られるとおりです。

「黒服の男」が鼠のファミリーの一員であることは疑いなく、したがって彼が仕えているという「右翼の大物」の「先生」は、これまで児玉誉士夫《こだまよしお》や小佐野賢治《おさのけんじ》といった実在する人物がモデルとして挙げられてきたにもかかわらず、おそらく「僕」に圧力をかける装置として着想された虚構の存在であると考えられます。

作品のなかには、この「大物」の実体性を証す描写はどこにもありません。小説の後半に、鼠の別荘にあった「亜細亜主義の系譜」という本の巻末資料にこの「大物」の名前が、別荘のある土地の出身者として出てきますが、そのささやかな提示のされ方は、むしろこの人物が「大物」であることに逆行しています。

また彼が本当に鼠と別個に存在する「大物」であれば、その名前を記した本が鼠の持ち物として現われるのも不自然です。おそらく鼠は別荘にあった本のなかに、この土地出身の「亜細亜主義者」の名前を見出し、そこから彼を「右翼の大物」とする物語をつくり上げて「黒服の男」に教示したのでしょう。

もっとも彼が「僕」を鼠の元に送り込むためのプログラムに、鼠自身がどの程度関与していたかは明確ではありません。「耳のモデル」の女は、鼠自身が「計算外のファクター」といっているように、「黒服の男」が「僕」の行動の誤差を縮小するべく、案内役として伴わせたと考えるのが自然でしょう。

おそらく七〇年代の流れに対する違和感を昂じさせていった末に自死を意識した鼠は、その前に「僕」が自分を探し出せるかという〈賭〉をしたのであり、結局「僕」はそれに間に合わなかったという経緯を、この作品に隠された筋として想定することができます。

加藤典洋は『羊をめぐる冒険』を、「耳のモデル」の女の突然の退場などによって、はっきりとした収束を示さない展開から「去勢された物語」と表現しています（『村上春樹イエローページ』荒地出版社、一九九六）が、むしろこの作品は全般にわたって意識的に「去勢」が施された物語というべきでしょう。

つまりこの作品は、読み終えた地点から、それまで語られてきた展開や行動の意味が覆されていく反転性を備えているからです。「羊博士」にしても、ジェイ・ルービンが推察するように（『ハルキ・ムラカミと言葉の音楽』原書二〇〇二）、そういう役柄を演じる「黒服の男」の仲間である可能性があります。

この〈物語の去勢〉が、情報を活用しているつもりが逆にいつしか自己の主体性を奪い取られている、現代の情報社会における人間のあり方と照応する意味をもつことはいうまでもありません。村上春樹はそこに七〇年代後半以降のポストモダン社会における主要な問題性を見出していたようで、いくつかの作品にその表出が見られます。

一九八三年の短編『踊る小人』は、『羊をめぐる冒険』よりもさらに寓話的な設定のなかで情報と個人の関わりを描き出した作品です。

物語で、「象」を人工的に作っていく「象工場」で働く「僕」は、別の作業場で働く美しい女の子の心を得るために、伝説的な踊りの達人である小人を自分の中に導き入れ、その力を借りて幻惑的な踊り手となり、彼女の心を捉えるものの、彼女にキスをしようとすると彼女の顔は醜く歪《ゆが》んでいきます。

「僕」はその醜い像が現実のものではなく、小人の操作によるものであることを見抜き、思い切ってキスをすると元の美しい顔に戻りますが、この抵抗によって彼は官憲に追われる身となってしまいます。

様々な工程に分かれて「鼻」や「耳」といった部位が作られていく「象」とは、すなわちメディアを流通する〈像〉のことであり、「象工場」とはしたがって、テレビ局のような存在に相当することになります。「現象」や「表象」という言葉が普通に使われるように、「象」と「像」はともに「かたち」という意味をもつ語としてさほど距離はありません。

「像」の「人偏《にんべん》」を取れば「象」となりますが、いわば〈人間性〉を欠いた情報の大量生産に「僕」は携《たずさ》わっていたといえるでしょう。現に「僕」は自分たちが「人工的に象を作らなければ——あるいは水増ししなければ——ならない」と語っており、それはまさに受容する価値の乏しい「象」を、すなわち情報を大量に供給しつづける現代のマスメディアの寓意にほかなりません。

したがって、そうした世界での偶像である「小人」とは、テレビの画像に登場するメディア・スターのことであり、彼が踊りの達人であることは、たとえばその代表であったマイケル・ジャクソンを想起させます。

この小人が「僕」の体内に入って彼を自在に踊らせるのは、羊を体内に入れることで超人的な活動力がもたらされるという『羊をめぐる冒険』の設定と近似しており、情報の受容によって活動力の強化と主体性の喪失が同時にもたらされる、現代社会の両面性を巧みに寓意化しています。

そしてこの情報の操作を最終的に拒むことで「僕」は社会への反逆者となったわけですが、『羊をめぐる冒険』の〈表〉の筋においても、鼠は自分のなかに入ってきた羊を、自分の弱さを肯定するために拒むべく、みずから首を吊ったのでした。その点で『踊る小人』は『羊をめぐる冒険』のモチーフを寓話的に凝縮した先行作品として眺められます。

様々に見られる〈漱石の影〉

『羊をめぐる冒険』で興味深いのは、この作品に夏目漱石とつながる文脈が様々に盛り込まれていることです。

第一に「羊」が中心的なイメージとして現われるのは、『三四郎』(一九〇八)を想起させます。これは決して偶然の照応ではなく、主題と関わる形で意識的につくられた文脈であると考えられます。

『三四郎』では周知のようにヒロインの美禰子《みねこ》が「迷羊《ストレイ・シープ》」という謎めいた言葉を口にして主人公の三四郎をとまどわせ、その後自分と三四郎を二匹の羊に見立てた絵葉書を送って、彼を喜ばせたりします。ここで三四郎と美禰子の両方に付与された羊のイメージは、漱石的な手法のなかで近代日本の寓意として意味づけられています。

美禰子が「迷羊《ストレイ・シープ》」という言葉を口にしたのは、「迷子」に相当する英語が何かという問いを三四郎に投げ、彼がその意図にとまどっている際でしたが、「ロスト・チャイルド」という一般的な英語の代わりに、彼女は『新約聖書』に出てくるこの言葉を引用したのでした。

『新約聖書』ではこの「迷羊《ストレイ・シープ》」は、百匹の群れのなかで迷子となった一匹として語られていますが、「迷子」であることは伝統への帰属と西洋への模倣の間で〈迷い〉つづける日本の姿を示唆するものです。

また、美禰子が三四郎に送った絵葉書には、彼女と三四郎を暗示する二匹の羊がいる場所の、川を隔てた向こう側に「洋杖《ステッキ》」をもった「甚《はなは》だ獰猛《どうもう》」な顔をした「大きな男」がいるという構図が描かれていました。この「大きな男」は「西洋の絵にある悪魔《デヴィル》」になぞらえられているように、海の向こうから日本を含むアジア諸国への侵略をもくろむ西洋列強の暗喩であることは容易に見て取れます。

漱石の精読者である村上春樹は、当然この含意を理解していたと思われます。『羊をめぐる冒険』でも羊ははっきりと近代日本を暗喩する動物として語られています。「黒服の男」は「僕」に日本における羊の飼育に関するレクチャーをする際に、羊が「国家レベルで米国から日本に輸入され、育成され、そして見捨てられた」動物であり、「まあいわば、日本の近代そのものだよ」と明言していました。

実際、羊は明治以降、とくに兵士の衣服を製造するために飼育が推し進められた動物であり、その点で戦争とともにあった日本の近代を象徴する側面をもっています。

この羊のイメージだけでなく、『羊をめぐる冒険』には様々な〈漱石の影〉が盛り込まれています。「僕」が飼っている猫が「名前がない」猫であることは、当然漱石の処女作における設定を連想させます。

また、鼠が自死を意識しつつ、羊を撮った写真を「僕」に送って、自死の前に彼が自分に会いに来るかどうかの〈賭〉をしたという裏の筋が想定されましたが、これは『こゝろ』(一九一四)の「先生」が、父親の看病のために郷里に戻っている「私」に、「一寸《ちよつと》会ひたい」という電報を送り、彼が父親を置いて自分の元にやって来るかどうかを試したことと近似しています。結局「私」は父親の状態からそれに応えられず、そのために先生は長い遺書を書いてその命を閉じることになったのでした。

さらに「羊男」は「戦争に行きたくなかった」ためにこの北海道に隠れ住んだのだと「僕」に語りますが、漱石はまさに徴兵拒否のために明治二十五年(一八九二)に北海道に籍を移しており、東京に籍を戻したのはようやく大正二年(一九一三)になってからでした。「漱石」という筆名が〈送籍〉を含意することは、しばしば指摘されているとおりです。

もちろんこうした類似は必ずしも意識的な所産ではなく、偶然的な面もあるでしょうが、少なくとも羊の含意の共通性に見られるように、この二人の作家がともにこうした〈日本〉への照応性をもつ寓意的なイメージを核として作品を構築しているのは重要な共通点です。

そこに彼らが近代の日本を描く「国民作家」である所以《ゆえん》の一端を見ることができます。

また最初の節で見たように、韓国（朝鮮）と中国という違いがあるにしても、両者がともにアジアの隣国への戦争、侵略の歴史を創作意識に織り込んでいることも、そこから必然的にもたらされてくる重なりでしょう。

『羊をめぐる冒険』においても、戦争に抵抗する心性をもちつつ、羊飼いとして淋しく人生を終えたアイヌ青年の挿話が盛り込まれているように、近代における戦争の歴史が一方のモチーフとして含まれています。

鼠の体内に入り込んだ羊は、前節では情報の比喩として眺めましたが、人間の内部にあって戦争を引き起こす原因となるもの、すなわち人間を支配する暴力への衝動の比喩としても読むことができます。その時、鼠は、資本と情報を操作する力の持ち主ではなく、自身で語るとおりの力弱い個人としての姿を現わします。彼の自殺はその個人としての自己を守るためになされた決断として見なすこともできます。

『羊をめぐる冒険』のもつ反転性は、情報に対する個人の主体性と受動性の二面性とともに、この〈現代〉と〈近代〉の二つの時間性を付与された鼠の二面性を浮上させるために施された戦略であったともいえるでしょう。

第Ⅲ部

「空《から》っぽ」の世界

——二人にとっての〈ポストモダン〉とは

「大きな物語」が終わった後の〈ポストモダン〉の世界は、漱石にとっても春樹にとっても「空無」でしかなかった。

『こゝろ』の先生は、友人を出し抜いて女性を妻として得る反面、その後癒《いや》しがたい「淋しさ」に捉えられる人間として描かれる。その背後には、日露戦争後も持続する日本の帝国主義的な拡張を不毛と見なす漱石の眼差しがある。

春樹にとっても、三部作で六〇年代を葬ることによって受け容れようとした七〇年代以降のポストモダンの時代は、次第に積極的に肯定できないものとなってくる。『世界の終りとハードボイルド・ワンダーランド』の「私」が「心」をもたないことによって情報社会を生き抜く人間として描かれるのはその現われである。

第5章 「淋しさ」に至る〈勝利〉〔漱石〕

『こゝろ』

三角関係の勝者と敗者

夏目漱石の多くの作品には、男女の三角関係の構図が登場します。とりわけ顕著であるのが、男性主人公が友人を裏切り、あるいは出し抜いて女性を得てしまうという構図です。『それから』(一九〇九)の代助は、友人平岡の妻となっている三千代を奪い取る地点にまで進み、その後日譚としての内容をもつ『門』(一九一〇)の宗助は、友人安井から奪い取った御米と、崖下の家で下級官吏として細々とした暮らしを送っています。さらに、その四年後に書かれた『こゝろ』(一九一四)では、友人のKを出し抜いて得た下宿先の娘と結婚した「先生」は、社会での生産的な活動をみずから封印したかのような、平穏で無為の日々を妻と二人で過ごしているのでした。

第3章で見たように、漱石作品に現われる男女関係は多くの場合、日本が帝国主義的侵略をおこなう相手となる国々との関係を写し出していました。近代日本の暗喩である男性主人公は、多くの場合韓国である植民地を象《かたど》る女性を、韓国民衆に相当する対抗者の男性から奪い取って自分のものとすることになります。

漱石作品の三角関係において男性が〈勝つ〉結果に終わることが多いのは、すなわち日本が日清、日露という二つの戦争に勝利し、その後も韓国併合によって帝国主義的な拡張を持続させていく流れに照応しています。

こうした造形の方向性によって、漱石の作品における男女関係は、古今の文学作品におけるそれとは異質な様相を帯びることになります。すなわち多くの小説・戯曲においては、異性をめぐる対立のなかに置かれた主人公は、むしろ〈敗者〉となりがちだからです。

同じ男女の三角関係の構図をもつ『浮雲』（二葉亭四迷《ふたばていしめい》、一八八七〜八九）、『金色夜叉』（尾《お》崎紅葉《ざきこうよう》、一八九七〜一九〇二）、『蒲団』（田山花袋、一九〇七）、『友情』（武者小路実篤《むしやのこうじさねあつ》、一九一九）といった明治・大正期の代表的な作品における男性主人公たちは、いずれも一人の女性に執着を覚えつつも、対抗者の存在によってそれを成就することができず、苦渋を味わわされることになるのでした。

もっともこうした作品においても、三角関係の構図は記号性をまとって現われることが少なくなく、主人公は対抗者その人というより、その対抗者に込められた記号的な価値観と葛藤することになります。なかでも『浮雲』や『金色夜叉』における対抗者は、明治社会の功利主義的な潮流を体現しています。

『浮雲』で主人公内海文三《うつみぶんぞう》の対抗者となる本田昇《ほんだのぼる》は、休日には役所の上司の家に赴いて囲碁の相手になったりもする、臆面もない出世主義者であり、一方文三は、「僅《わず》かの月給の為《た》めに腰を折ッて、奴隷同様な真似をするなんぞッて実に卑屈極《きわ》まる」と考えるような自我へのこだわりも災いして、免職となってしまいます。

それによって文三の許嫁《いいなずけ》的存在でもあったお勢《せい》の母である叔母は彼に愛想をつかし、お勢を彼に嫁がせることを撤回することになりますが、かといってお勢が本田に惹かれていくわけでもない曖昧な地点で作品は終わっています。

ここで問題化されているのは、一人の女性の心の行方ではなく、彼女を娶《めと》るための現実的な条件の有無であり、それを文三は失うに至り、本田は相対的に満たしているという差異のなかで文三が敗者となるにすぎません。けれどもここでは早くも、文三が身を置く官僚社会に代表される、近代の功利主義的な社会組織において、人間が個人の自我をもって生きることの困難さが示唆されています。

また『金色夜叉』では、功利主義的な対抗者に許嫁をかすめ取られたことによって、本来文三的な人物であった主人公間貫一《はざまかんいち》が、自身の自我の支えとなるはずの知的な営為に背を向け、みずからが高利貸しという功利主義者に変じてしまいます。対抗者である富山唯継《とみやまただつぐ》は、その名前の含意どおり、世間を律しているものが観念や思想ではなく、金銭の流通であることを主人公に認識させる存在として登場していました。

漱石は〈恋愛〉が描けないのか

前節で言及した作品のうち、『友情』以外の明治期に書かれた作品においては、今見たように、主人公は西洋志向の潮流のなかで個的な自我や精神的恋愛といった、新しい観念や思想に惹きつけられた青年たちでした。彼らが、むしろそれゆえに敗北することで、明治社会のもう一つの趨勢であった立身出世的な功利主義の前に、いかに無力であるかが示されることになります。

そこに現実社会を描く作者のリアルな眼差しが込められていましたが、より一般的な小説表現の論理からいえば、主人公が恋愛関係において〈敗者〉となるのは、それによって彼により強い感情や情念を負荷することができるからだと考えられます。

とくに、西欧の文芸作品に描かれる恋愛の担い手たちは、あたかも恋愛そのものを情熱の対象とするために、現実の相手と結ばれることをあえて回避し、進んで苦悩のなかに身を投じようとするかのような行動を取ることが多い（ドニ・ド・ルージュモン『愛について』・原題『恋愛と西欧』による）といわれます。読み手の好むものが情熱の烈しさや破局への道のりである以上、そうした条件を満たすためには、恋愛物語の主人公の恋は成就してはいけないのです。

前節に挙げた作品のなかでは『友情』がこれにもっとも適合します。若い文学者である主人公の野島は、自分を愛していると思っていた杉子を最後にライバルの大宮に奪われてしまいます。それればかりか、大宮の書いた作品を通して、彼女がはじめから大宮にしか心を向けていなかったことを知って強い打撃を受けますが、そのなかで野島は自分を奮い立たせ、大宮への手紙に「君よ、僕のことは心配しないでくれ、傷ついても僕は僕だ。いつかは更に力強く起き上るだらう」と記すのでした。

こうした事例においては、主人公が恋愛関係における敗者であることは、彼らのパトス（受苦―情念）の強度を高めるための条件として作用しています。それは結局、文学が哲学のような論弁的形式ではなく、情念的存在としての人間を浮き彫りにすることを目指す、つまり〈論〉より〈情〉の表現であることから来る要請だったでしょう。

こうしたことを考えると、漱石の作品で繰り返される、主人公が〈勝つ〉ことになる、あるいはそこから始まっている展開は、あえて文学としての〈面白さ〉の条件を満たしにくくしている設定であるともいえます。

いいかえれば、男女関係を表面的なモチーフとするこうした作品群が描いているものが、果たして本当に〈恋愛〉であるのかという疑念を喚起することにもなります。

小谷野敦は『リアリズムの擁護』(新曜社、二〇〇八)で、漱石作品における恋愛心理が「頭で考えたもの」でしかなく、その点で「漱石は女が描けないというより、恋愛が描けなかったのである」と述べていますが、この直感的な断定は妥当であるとともに、本書での把握とも同調しています。漱石作品における恋愛が作り物的な印象を与えるのは、それが外的世界の動向を「頭で考え」て、男女関係に写し取ったものであるからにほかなりません。

それでも『それから』の代助は、三年前から現在に至るまでの時間において、「愛の炎」がつねに二人の間にあったと考えようとしており、その行動は親友との絶交と実家からの勘当とを引き換えに、女性への情念を達成しようとする、ロマン的な性格を帯びています。

けれども次作の『門』においては、宗助と御米との〈仲の良さ〉が示されるものの、日曜の消閑にのみ慰藉を求めようとする宗助の気力を欠いた姿は、情念や情熱の残滓《ざんし》さえとどめていません。また、『こゝろ』の「下」巻で語られる学生時代の先生の行動は、後述するように代助のそれよりもはるかに戦略的であり、自身がそれを自覚しています。

にもかかわらず、この作品は一方で、「先生」と鎌倉の海岸で知己《ちき》となった若い「私」との会話や、「下」巻をなす遺書において、愛に関する議論がなされていることもあって、漱石文学における恋愛の主題を考察する中心的な対象として扱われてきました。

この章では、主に『こゝろ』の先生の男女関係を契機とする感情的行動を分析することで、そこから漱石の表現の特異性と、そこに込められた、日露戦争後の〈ポストモダン〉的社会への眼差しを捉えていくことにします。

『こゝろ』における一人の女性をめぐるせめぎ合いの構図は、『それから』や『門』のそれよりも明瞭です。江藤淳はその構図における先生を、「Kに忠実でありつづけようとするなら、彼は「御嬢さん」への愛を諦めなければならない。もし、逆に、「先生」が「御嬢さん」に対する自分の感情に忠実であろうとするなら、彼は唯一の親友Kを裏切らなければならない」（「明治の一知識人」／『決定版夏目漱石』所収、新潮社、一九七四）という葛藤のなかで、後者を選び取り、その結果自己を動かしているエゴイズムを意識せざるをえなかったと理解しました。

ここでは「御嬢さん」への先生の愛情が第一に前提され、それを貫くために友人を裏切ったというロマン主義的な人間観が浮上しています。また山崎正和は「淋しい人間」（『ユリイカ』一九七七・一二）において、先生が遺書で「御嬢さん」へ「信仰に近い愛」を抱いていたと語るくだりが「まったく正常」な恋愛観であると見なし、先生が恋愛の精神的な面にあまりにも潔癖でありすぎたために、Kとのせめぎ合いという状況をみずから招き寄せてしまったという見方を提示していました。

「御嬢さん」への評価のズレ

けれども果たして『こゝろ』には、江藤淳や山崎正和が前提するような、「御嬢さん」に対する主体的でロマン的な恋愛感情を起点として行動する人物が描かれているのでしょうか？

ここで注意を向けるべきなのは、「下」巻に見出される、先生の彼女に対する評価です。すなわち、妻のかつての姿である下宿先の「御嬢さん」を先生がプラトニックな愛の対象として神聖視していたことが語られている一方で、同じ家に住む近しい生活者としては、決して高い評価を与えていないことが示されているのです。

前者の例としては、山崎正和が先生の恋愛観が「まったく正常」である論拠とする、「御嬢さん」に対する「信仰に近い愛」の表白が挙げられます。「御嬢さん」をめぐる対抗者となる同居人のＫを下宿に導き入れる前の段階における十四章に、次のように語られているくだりです。

私は其人に対して、殆《ほと》んど信仰に近い愛を有《も》つてゐたのです。私が宗教だけに用ひる此《この》言葉を、若い女に応用するのを見て、貴方は変に思ふかも知れませんが、私は今でも固く信じてゐるのです。本当の愛は宗教心とさう違つたものではないと云ふ事を固く信じてゐるのです。（中略）もし愛と云ふ不可思議なものに両端《はじ》があつて、その高い端には神聖な感じが働いて、低い端には性欲が動いてゐるとすれば、私の愛はたしかに其高い極点を捕《つら》まへたものです。私はもとより人間としての肉を離れる事の出来ない身体でした。けれども御嬢さんを見る私の眼や、御嬢さんを考へる私の心は、全く肉の臭いを帯びてゐませんでした。

（「下」十四）

この妻に対する「信仰に近い愛」は、「私」とのやり取りで先生が口にする「私は世の中で女といふものをたつた一人しか知らない。妻《さい》以外の女は殆んど女として私に訴へないのです。妻の方でも、私を天下にたゞ一人しかない男と思つて呉《く》れてゐます。さういふ意味から云つて、私達は最も幸福に生れた人間の一対であるべき筈《はず》です」という言葉とともに、相互の情愛と信頼によって強く結びつけられた一組の夫婦の姿を浮かび上がらせています。

実際「私」の眼には、彼らは「仲の好い夫婦の一対」として映っています。また先生自身、妻の母親の死んだ後、「私と妻とは元の通り仲好く暮してきました。私と妻は決して不幸ではありません。幸福でした」と記していて、「御嬢さん—妻」への愛情の絆を、結婚前から死を決意した現在に至るまで持続させてきたことをうかがわせています。

反面、彼女への「信仰に近い愛」を語る、引用した箇所の記述が、観念的な表白に終始していることを裏返すように、下宿先の「御嬢さん」として彼女と接していた当時、先生が彼女を神聖視していたことを裏付ける具体的な根拠は乏しいのです。むしろ彼女の日常の立ち居振舞いに対して、先生はあまり好ましい印象を抱いていないことを示すくだりが、少なからず見出されます。

たとえば、「御嬢さん」の弾く琴に対して「余り込み入った手を弾かない所を見ると、上手なのぢやなからうと考へ」るのであり、生け花についても「御嬢さんは決して旨い方ではなかつたのです」という評価を与えています。

また外に出かけたはずの「御嬢さん」がKと一緒に家にいるところを眼にした先生がその理由を尋ねると、彼女は「たゞ笑つてゐる」だけなのであり、その姿に「私は斯《こ》んな時に笑ふ女が嫌《きらい》でした」という感慨を覚えています。もちろんこの場面については、Kが傍《かたわ》らにいる状況が先生の嫉妬《しっと》をかき立て、「御嬢さん」の印象を悪くしていることが察せられますが、この笑い方は彼女の癖でもあるらしく、それにつづけて「若い女に共通な点だと云へばそれ迄かも知れませんが、御嬢さんも下らない事に能《よ》く笑ひたがる女でした」という、性格一般の次元に置き直されています。

こうした、妻となった女性に対する評価の変容は、先生が下宿をしていた学生の頃と、鎌倉で若い「私」と出会い、明治天皇の死とそれにつづく乃木希典《のぎまれすけ》の殉死を契機として自殺を決意し、遺書を書くに至る時間との間で生じています。

そして世間とほとんど交わりをもたない孤独な生活を送っている先生が、貴重な共棲者である妻を尊重する情感を、過去に遡及的に振り向けることによってもたらされたものが、「下」巻で語られている「御嬢さん」への「信仰に近い愛」だったと考えられるのです。

現に遺書の末尾で先生は「私は妻《さい》には何にも知らせたくないのです。妻が己れの過去に対してもつ記憶を、成《な》るべく純白に保存して置いて遣《や》りたいのが私の唯一の希望なのですから」と述べ、妻を「神聖」なものとして扱おうとする姿勢を示しています。

自己正当化された遺書

忘れてはならないのは、『こゝろ』「下」巻が一人称告白体の物語として書かれているということです。森鷗外の『舞姫』（一八九〇）や三島由紀夫の『仮面の告白』（一九四九）についてしばしばいわれてきたように、この形式の叙述においては、ほとんどの場合執筆時における自己正当化が働き、その意識によって過去の自己像が書き直されています。『舞姫』の太田豊太郎《おおたとよたろう》はベルリンで同棲していた恋人のエリスを捨て去り、発狂させるに至らせた原因を、彼の帰東の意志をエリスに告げた相沢という存在に見出そうとしており、また『仮面の告白』の語り手は自身の恋愛の失敗を、生来の同性愛への傾斜によって運命化しようとしていました。

こうした一人称告白体の特性を『こゝろ』「下」巻もはらんでいます。先生が「御嬢さん」について語る「信仰に近い愛」にしても、執筆時の意識によって色付けられた感情としての側面が強く、それをそのまま受け取って先生の人間性を考えるのはいささか素朴な把握です。

とくに「御嬢さん」が妻となる前の段階においては、彼女は先生にとって、美しいにしても琴や生け花の下手な、意味もなく笑う不愉快な癖をもった若い女でしかありません。しかも、その母親が自分とめあわせようとしている節も感じられ、かつて叔父に縁談がらみで遺産の一部を使い込まれた経験をもつ先生にとっては、警戒を要する相手でもありました。Kという友人を下宿に導き入れたのも、こうした警戒心から、「御嬢さん」母娘との間に緩衝材を置こうとするゆえの選択であったとも考えられるのです。

したがって先生が、「御嬢さん」への感情を「信仰に近い愛」と語ること自体が、彼女への切実な感情の欠如に対する正当化としても受け取られます。この表現が想起させるものは、明治二十年代に北村透谷《きたむらとうこく》や巌本善治《いわもとよしはる》がキリスト教を基底として、その精神的価値を称揚していた恋愛観でしょう。たとえば透谷は「厭世詩家と女性」（一八九二）において、「生理上にて男性なるが故に女性を慕ひ、女性なるが故に男性を慕ふのみとするは、人間の価格を禽獣《きんじゆう》の位地に遷《うつ》す者なり」と断じ、実世界でのせめぎ合いから脱落した「想世界の敗将」を慰め、養う場として恋愛の価値を肯定していました。

『こゝろ』の先生は明治初年代後半に生まれていると想定され、こうした言説の影響を少年期に蒙《こうむ》っていることも考えられます。けれども恋愛を精神的価値に引きつけて捉える観念が、当時の日本においても必ずしも支配的であったわけではありません。

「厭世詩家と女性」においても、重視されているのは一夫一婦的な関係の永続性であり、「男女既に合して一となりたる暁《あかつき》には」という文言があるように、肉体的な和合自体が否定されているわけではありませんでした。

また、先生やKが学生生活を送っていた時期と接する明治三十年代半ばにおいては、外在的な道徳観に依拠するのではなく、内発的な欲求に従って生きるという、高山樗牛《たかやまちよぎゆう》の「美的生活」の主張が影響力をもっていましたが、そこでは「相愛し相慕へる小男小女が、薔薇花かほる籬《かき》の蔭、月あかき磯のほとりに、手を携《たずさ》へて互に恋情を語り合ふ」姿が、「痴態」であるとされながらも「最も美《うる》はしきもの」の一つとして挙げられていました（「美的生活を論ず」一九〇一）。

さらにこうした肉体的な要素を肯定する恋愛観は、漱石自身の言説とも重ねられるものでもあります。漱石は『文学論』（一九〇七）で、ベルギーやイギリスの心理学者の説を引用しつつ、次のように述べています。

Delboeuf なる人かく云へることあり。「凡《およ》そ年若き男女が、慕ひ合ふは、彼等が自覚せずして、精子の意志に従ふものなり」、Bain も亦《また》「触は恋の始にして終なり」と云へり。たゞ随分如何《いかが》はしき言葉のやうなれど、赤裸々に云ひ放てば、真相はかくあるべきなり。恋は神聖なり抔《など》、説く論者には頗《すこぶ》る妥当を欠くの感あるべし。

（第一編　第二章「文学的内容の基本成分」）

『こゝろ』の執筆から五年以上前に書かれた文であるとはいえ、四〇歳に達していた漱石の恋愛観が、その後大きく変化するとは思えません。ここにははっきりと恋愛が性欲の衝動に導かれて成就するという見方が示され、「恋は神聖なり抔、説く論者には頗る妥当を欠くの感あるべし」と断定されているのです。

先生の策略とは

このように見ていくと、先生が遺書のなかで語る「全く肉の臭いを帯びてゐませんでした」という「御嬢さん」への眼差しが、時代性を考慮しても「まったく正常なもの」とはいいがたいことが分かります。

もしその眼差しに「肉の臭い」がまったく伴わなかったとすれば、それは先生が「御嬢さん」をもともと恋愛の対象として眺めていなかったということであり、その距離感が事後的に「神聖視」として美化されていると考えられるのです。

遺書に語られる、先生のより具体的な行動や感情の動きを追っていけば、そこに浮かび上がってくるのは、さほど強く惹かれていたわけではない下宿先の娘が、友人の欲望の対象となっていることを知ったとたん、にわかに確保すべき対象として意識されるようになり、策を尽くしてそれを成就するに至った経緯です。

総じて先生は、事後的に付加された精神的愛の言葉とは裏腹に、むしろ物質的な執着の強い人間であり、とくに「下」巻においては、自分に帰属している、あるいは帰属すべき物を失うことを耐えがたく思う側面を示しています。遺産相続をめぐる叔父との軋轢《あつれき》は、それを端的に物語っています。

先生は、父親の遺産の管理を叔父に任せていたところ、叔父がその一部を費消してしまっていることを知って、人間に対する認識が変化してしまうほどの衝撃を与えられます。「上」巻で先生は若い「私」に、叔父から受けた「屈辱と損害」を「死ぬ迄脊負《しよ》はされ通し」であろうという見通しを語り、さらに「私が彼等を憎む許《ばかり》ぢやない、彼等が代表してゐる人間といふものを、一般に憎む事を覚えたのだ」と明言していました。

この時点では、先生が「他《ひと》に欺むかれた」内容は未だ明らかになっていませんが、「上」巻で「私」に語る「金を見ると、どんな君子でもすぐ悪人になるのさ」という感慨の説明としてなされたこの表白に含まれる憎悪は、「下」巻の遺書で語られる経緯と照らせば、いささか過剰なものとして響かざるをえません。

かりに先生が父の遺産をすべて叔父に奪われ、それによって困窮を強いられていたとすれば、全身を浸すほどの憎悪に捉えられても不思議ではありません。しかし実際はそうではなく、先生は叔父にその一部を費消された父の遺産を引き継ぐことによって〈豊か〉になっているのです。

先生は残った遺産を友人に頼んで現金に換えてもらいましたが、それは決して少ないものではありません。「学生として生活するにはそれで充分以上でした。実をいふと私はそれから出る利子の半分も使へませんでした」という額の現金を先生は受け取っているのであり、彼が「御嬢さん」の母親が営む素人下宿で暮らし始めたのも、「金に不自由のない私は、騒々しい下宿を出て、新らしく一戸を構へて見やうかといふ気になつたのです」という動機によるものでした。

こうした記述を見る限り、先生が金に関して叔父にそれほど強い憎悪を抱かねばならない現実的な根拠は乏しいといわざるをえません。先生と叔父を比較すれば、執拗な金銭欲に動かされているのはむしろ先生の方です。

先生は叔父の裏切りを通して、「金に対して人類を疑ぐつた」とまで述べていますが、この大仰ないい方は、それだけ先生が「金」に対して置いている比重の大きさを物語っています。

もともと先生がKを下宿の同居人として導き入れた動機に、その物質主義的な志向がうごめいていたことが察せられます。先に述べたように、叔父との来歴から、先生は自分に接近してくるように映る「御嬢さん」母娘に警戒心を覚えており、Kを導き入れたのは、彼らとの間に距離を置くという含みがあったことが推察されます。

けれども動機はもちろんそれだけでなく、宗教や哲学を学ぼうとしたために、彼を医者にしようとしていた養家から絶縁を言い渡され、困窮していたKを同居人とすることは、何よりも彼に対する物質的な優位性を確保することになります。それこそが先生の配慮の起点にあるものにほかなりませんでした。

この点については水川隆夫《みずかわたかお》の『夏目漱石「こゝろ」を読みなおす』（平凡社新書、二〇〇五）における指摘が当を得ています。水川は「「先生」の心の奥には、Kを経済的な「保護の下」に置くことによって、「何をしてもKに及ばないといふ自己」から脱出し、心理的な優位を回復したいという競争心も潜んでいたにちがいない」という解釈を提示しています。水川自身はそういう見方を取っていないものの、そこに先生の物質主義者としての輪郭が明瞭に浮かび上がっています。

もちろん先生がKを下宿に導き入れたのは、経済的に窮迫していたKを救うためでなかったとはいえません。けれども、そうした状態にあるKに救いの手を差し伸べることは、つねづね勉学面で劣等感を抱かされがちであったKとの優劣関係を逆転させる意味をもち、しかも下宿先の美しい娘といつでも結婚しようと思えばできるのだという状況をKに誇示することにもなります。

しかも、こうした自己顕示を、先生は友愛の名の下に隠蔽《いんぺい》し、心理的な負担なくおこなうことができるのです。さらにKは、少なくともこれまで先生の眼に映った限りでは、女性に興味を示さない〈堅物〉であり、こうした優位性が覆される危惧は大きくありませんでした。加えてKを「御嬢さん」母娘との間に置くことで、彼らの接近を牽制する働きを期待することもできたのであり、確かに金銭的余裕のある先生にとって、Kを食客として同居させることは、何重にも有利な取引でした。

「専有」への欲求

こうした計算の下に先生はKとの同居生活を始めたと考えられますが、計算違いであったのは、Kが異性に対して不感症ではなく、それに動かされる可能性をはらんだ人間であることが分かったことでした。

先生はKの「御嬢さん」への恋情を知ることによって、Kとの優劣関係が再度逆転する可能性が発生したことを知らされ、恐慌に陥ることになります。Kは単に学業に秀でていただけでなく、一人の男としての魅力にも富んでいるように見えたからです。

そのため、先生は自身の優位性を確保すべく、「策略」を使ってでも「御嬢さん」を獲得しようとしたのです。いいかえればそれは、先生が「御嬢さん」を、自身に帰属すべき

〈物〉として見なしていたということを物語っています。実際Kへの嫉妬を契機として、先生にとって「御嬢さん」が、何としても「専有したいと云ふ強烈な一念に動かされ」る対象に変じていったことが記されています。

この時点ですでに「御嬢さん」は「専有」という物質的所有の対象とはっきり見なされているのです。そしてKの告白を聞くにあたり、彼女は完全に、あらゆる方策を尽くして手に入れるべき対象として先生に意識され、それに応じてKは、打ち倒すべき〈敵〉として位置づけられるようになります。

先生はそれ以降、「丁度他流試合でもする人のやうにKを注意して見」るようになり、Kが「理想と現実の間に彷徨してふら〳〵してゐるのを発見」すると、「たゞ一打で彼を倒す事が出来るだらう」という見通しを得ます。そして、かつて自分に投げかけられた「精神的な向上心のないものは馬鹿だ」という言葉をKに浴びせて彼を動揺させ、その上で「御嬢さん」の母親に「奥さん、御嬢さんを私に下さい」という申し出をおこない、ただちにそれに対する同意を引き出すことに成功するのでした。

この展開において、先生は完全にKを標的とする戦略家として振舞い、確実に自分が勝ちを収められる見込みのある条件で勝負しようとしています。すなわち先生はせめぎ合いの場を〈恋愛〉から〈結婚〉に移すことで、自分が負けを喫さない土俵に立とうとしたのです。そして先生は目論見どおり、「御嬢さん」を妻として獲得することになります。そこに至る過程で、先生は「御嬢さん」というよりも、むしろKに優越する自己を失うまいとする焦慮に駆り立てられていたはずですが、「上」巻十四章で先生が「私」にいう、自己不信の言葉は、この衝動的な自己確保の行動への没入を指していると考えられます。

先生は「私」に「私は私自身さへ信用してゐないのです。つまり自分で自分が信用出来ないから、人も信用できないやうになつてゐるのです」といい、「私」が「さう六《む》づかしく考へれば、誰だつて確かなものはないでせう」と反駁《はんばく》したのに対して、「いや考へたんぢやない。遣《や》つたんです。遣つた後で驚いたんです。さうして非常に怖くなつたんです」と応えています。

この時先生の念頭に浮かんでいたものは、Kとのせめぎ合いとそれがもたらした結果以外ではありえません。先生がKを押しのけて「御嬢さん」を獲得しようとしたのは、まさにそれが正当な行為であるか否かを「考へ」る余地もない切迫感に促されてのものでした。先生はとにかく「御嬢さん」を獲得するための最短の行為を「遣つた」のであり、それがもたらしたKの自殺という結果に「遣つた後で驚いた」のでした。

その「驚き」は同時に自身の内の「考へ」の空白、いいかえれば「御嬢さん」に対する感情的内実の欠如を先生に実感させることになりました。それと対照をなすのが、Ｋが自殺の際にほとばしらせた「血」の激しさであり、それは彼が意図したのではなくとも、先生の内に欠如している「御嬢さん」という対象に対する内的感情の希薄さに先生を振り向かせる〈あてつけ〉としての効果をもっていました。

それが先生に、Ｋの死を十字架として負わせ、毎月の墓参に向かわせることになり、妻となった「御嬢さん」との生活において、彼が欠如させていたものを事後的に取り戻させる機縁として働きつづけることになりました。

また現実に「御嬢さん」は共棲者として、少なくとも先生に不適な女性ではなかったのであり、その日々の積み重ねのなかで彼女を慈《いつく》しむ心としての愛情は醸成されていったに違いありません。先生は自己の生をみずから閉じようとする地点で、それまでの軌跡を辿り直し、かつての「御嬢さん」を妻とし、彼女と共に生きてきた時間を肯定するための〈物語〉を綴ろうとしたのです。

そこでは、過去の描出と現在の感慨の微妙な交錯が、焦点となる妻への眼差しに揺れを生じさせ、結果としてその像の表象に断層をはらませることになったのです。

なぜ先生は「淋しい」のか

このように考えると、「上」巻で先生が若い「私」に語る「淋しさ」の内実にも接近していくことができるでしょう。先生は「私」に対して、しきりに自分が「淋しい人間」であることを口にしています。

「私は淋しい人間です」と先生は其晩又此間の言葉を繰り返した。「私は淋しい人間ですが、ことによると貴方も淋しい人間ぢやないですか。私は淋しくつても年を取つてゐるから、動かずにゐられるが、若いあなたは左右《そう》は行かないのでせう。動ける丈《だけ》動きたいのでせう。動いて何かに打《ぶ》つかりたいのでせう。……」（「上」七）

こう語る先生は、若い「私」の内にも「淋しさ」があり、それゆえ自分に近づいてきたことを推察した上で、自分には「其淋しさを根元から引き抜いて上げる丈の力がない」と告げて、「淋しい笑ひ方」をするのでした。

多く引用されるこの箇所について、山崎正和は先に挙げた論考（「淋しい人間」）で、先生の語る「淋しさ」を「近代的自我」への志向がもたらした産物と見なし、「ほとんど病的なまでに、人間関係のなかで純粋な主体であることに徹しよう」とする姿勢において「友人や異性や先達を自発的に選び取ろうとする」結果、癒しがたい「淋しさ」に襲われるのだという見方を示しています。

自己の主体性を突きつめようとする志向が、他者との安易な関わりや連帯を排除し、その結果「淋しさ」がもたらされるというのは論理的には分かりますが、先生がそうした人間であるかどうかはきわめて疑わしいといわざるをえません。

前節で見たように、「下」巻で語られる「御嬢さん」をめぐるせめぎ合いで先生がしたことは、むしろそれとは逆のことだからです。

明らかに先生は「御嬢さん」へのKの欲望を見て取ることで、それを模倣しつつ彼女の「専有」を確保したのであり、その空虚さを事後的に認識することで、自身の内の「淋しさ」に直面することになったからです。

むしろ先生の言葉が語るのは、人間が本来内側に空虚を抱え、それを埋めるべく他者や外界との交わりに駆り立てられる存在であるということです。「淋しさ」はその空虚を自身の軌跡に即して否定的に色付けた言葉であるといえるでしょう。

そしてここで捉えてきた漱石的方法のなかで、女性を獲得の対象と見なしてそれを達成したものの、その後癒しがたい空虚感に捉えられる先生の姿が、帝国主義的な拡張を遂げながらも近代国家としての充実を獲得しているわけではない、維新以降の日本の姿に重なってくることは明らかでしょう。

そもそも、「専有」という観念自体が、帝国主義的な欲望の対象に対して用いられる言葉です。明治三十八、九年（一九〇五、〇六）頃の「ノート」に書きつけられた「二個の者が same space ヲ occupy スル訳には行かぬ。甲が乙を追ひ払ふか、乙が甲をはき除けるか二法あるのみぢや。甲でも乙でも構はぬ強い方が勝のぢや。理も非も入らぬ。えらい方が勝つのぢや。上品も下品も入らぬ図々敷《ずうずうしい》方が勝つのぢや」というよく知られた一節は、まさにそうした欲望に動かされて軍事的な強国が動いていく趨勢と符合しています。

『こゝろ』が書かれた大正三年（一九一四）におこなわれた講演「私の個人主義」でも、漱石は「元来国と国とはいくら八釜《やかま》しくつても、徳義心はそんなにありやしません。詐欺をやる、誤魔化しをやる。ペテンに掛ける、滅茶苦茶なものであります」と語っていますが、「徳義心」などは打っちゃってしたたかに行動した方が「勝」を収めるという論理は、「ノート」と講演の間で共通しています。

そこからも人間を意味している「二個の者」の葛藤が、「国と国」のせめぎ合いの写し絵として重ねられる、漱石的な表象の論理が確認されます。「ノート」では引用した箇所につづいて、漱石はこの空間の領有をめぐるせめぎ合いにおいて、「人倫五常」を重視する者は必ず敗北し、「power」と「will」をもった者だけが勝つのだと断言しています。この記述において念頭に置かれているものは、やはり三国干渉時の経験であると考えられます。この際、日本は西洋列強の「power」によって遼東半島を「occupy」すなわち「専有」できずにそこから「追ひ払」われてしまったのでした。「私の個人主義」で語られる、国同士のせめぎ合いが、「滅茶苦茶なもの」であるという感慨も、この際の経験が念頭に置かれているでしょう。『こゝろ』のKは直接先生によって駆逐されたのではありませんが、先生の「策略」はいずれにしても「御嬢さん」との関係において それを企図したものであり、結果的にKは人生という場からみずから退場することになるのでした。

〈外と中〉のズレ

先生の「淋しさ」が、帝国主義的な拡張を中心とする近代日本の外形的な達成に対する、漱石の批判の現われであることは、それが近似した設定をもつ『門』(一九一〇)の基調をなしていたことからも察せられます。

第3章で述べたように、この作品は同じ年に遂行された韓国併合との共鳴のなかに書かれていますが、主人公の宗助は下級官吏として、妻となった御米と平穏な生活を営んでいるものの、子供に恵まれない境遇について、「自分達の淋しい生涯」という括《くく》りが語り手によって与えられていました。

御米はそれまで三度妊娠するものの、いずれも流産、死産によって子供をもうけることができず、見立てをしてもらった易者が与える「貴方は人に対して済まない事をした覚がある。その罪が祟《たた》つてゐるから、子供は決して育たない」という宣告に、御米は「心臓を射抜かれる思」を覚えるのでした。

こうした現況に対して「自業自得」という言葉が与えられ、御米が同居していた友人の安井を背く形で夫婦となった報いとして、彼らが先細りの未来に宿命づけられているかのような描き方がされているのです。

けれどもこの罪障感の自覚は、彼らが現実におこなった事柄と比べるとやや過剰に映らざるをえません。こうした男女間の軋轢《あつれき》は世の中で起こりがちな出来事であり、また御米は『それから』の三千代と違って、安井の正式な妻とは見られない以上、「自業自得」と思わなければならないほどの宿命的な重みが、そこにあるとは思えないからです。

そこから易者の言葉にある、人に対しておこなった「済まない事」は、人間関係における打撃を越えた文脈を喚起することになります。その際浮かび上がってくるものが、隣国の韓国に対しておこなおうとしている、植民地化という「済まない事」です。

韓国の研究者である金正勲《キムジョンフン》が「「済まない事」をされた対象は、安井であると同時に〈満州（韓国）〉でもある」と述べている（『漱石と朝鮮』中央大学出版部、二〇一〇）のは、当事国からの発言であるだけに説得力をもちますが、このような政治的な文脈を考慮することによって、宗助・御米夫婦に抱かされた感慨もより明確になります。

したがって「子供は決して育たない」という易者の予言は、とりもなおさず韓国併合による日本の〈拡張〉が豊かな未来をもたらさないという展望にほかならず、そこに日本の進み行きに対する漱石の冷徹な眼差しが込められていました。

『こゝろ』の先生夫婦も同じく子供のいない夫婦であり、その含意も共通しています。先生の「淋しさ」が子供の不在と結びつけられるわけではありませんが、ここではむしろ彼が内に抱えた空虚感が、子供のいない状況によって具体化されているというべきでしょう。

この外形的には〈勝者〉的な達成を遂げながら、それに見合うだけの内的な充実を欠き、そのズレが「淋しさ」として感じられる人物は、翌年の『道草』（一九一五）の主人公健三にも託されています。

大学教師として日々を送る健三は、自分では大した位置にいると思っているわけではなく、経済的にも余裕のない暮らしをしていますが、復縁を求めてくる元養父の島田をはじめとして、周囲の人びとの眼には社会的な達成を遂げた人間として映り、何かにつけて依存されることになります。また現実に健三の縁者たちには零落した境涯にある者も少なくなく、その一人である姉と会った後、健三は「淋しい心持」に捉えられるのでした。

こうした外形と内実の間の乖離が、肉体的な次元で表現されていることもしばしば見られます。その端的な例が『門』の宗助が覚える歯の不調で、歯科医は宗助の歯の状態を調べた後で、「中が丸で腐つて居ります」という見立てを下すのでした。また遺作の『明暗』の主人公津田は、虚栄心の強い物質主義的な生き方をしながら、重い痔疾に苦しむ人間として位置づけられています。作品の冒頭ではやはり彼が医者の診断を受け、彼の痔疾が「根本的の手術」を施さねばならない深刻な状態に至っていることが示されていました。

この外からは分からないけれども、「中」が肉体的ないし精神的に病んでいる、あるいは「腐つて」いる存在とは、とりもなおさず漱石の眼が捉えた近代日本の姿にほかなりません。

明治四十一年（一九〇八）の『三四郎』ではすでに、冒頭に近い箇所で、三四郎の知己となる広田先生に「こんな顔をして、こんなに弱つて居ては、いくら日露戦争に勝つて、一等国になつても駄目ですね」と言わせ、日露戦争後の日本が「一等国」の光栄と、民衆の疲弊という乖離のなかに置かれていることが示されていました。

講演の「現代日本の開化」（一九一一）で語られる、維新以降の日本の開化が、「外発的」で「上滑り」であるという批判も、物質的な次元では近代化を遂げていきながらも、それが民衆の生活のなかに内在化されておらず、日本人の意識や自覚は全体としてはまだ前近代的な後進性のなかにあるというズレへの指摘にほかなりませんでした。

こうした表現や言説からは、日露戦争後の〈ポストモダン〉的な状況がはらんでいる二重の空無性が汲み取られます。すなわち、日露戦争という「大きな物語」が終わった後も、韓国併合というそれを引き継ぐ事態が進行していくことで、他国への侵略による国家の拡張というモダンの物語は持続していき、それが〈ポスト〉化されることはありませんでした。

さらにその状況が、漱石の眼には近代化のあり方として否定されるべきものとして映っていました。『門』以降の作品で繰り返し姿を現わす、「淋しさ」や空虚をはらんだ人物たちは何よりも明治・大正期の〈ポストモダン〉の空無性を写し取るものにほかなりませんでした。この外形的な達成の裏面にあるものを浮上させるために、主人公たちは男女関係や職業における〈勝利者〉でなければならなかったのです。

第6章　「空《から》っぽ」の人物たち〔春樹〕

『世界の終りとハードボイルド・ワンダーランド』『海辺のカフカ』

感情の「固い殻」をもつ主人公

漱石作品に繰り返し現われる、職業や男女関係において外形的な達成を遂げながら、内側に空虚や淋しさを抱えた人物は、村上春樹の作品にも珍しくありません。

『1973年のピンボール』（一九八〇）の主人公はその最初の例で、友人と始めた翻訳事務所が結構繁盛《はんじよう》して「俺たちは成功者だ」という感慨を覚え、また身元のよく分からない双子の少女と同棲して性的な悦楽を得ているようであるにもかかわらず、「僕」の内面に浮上してくる空隙《くうげき》は、三年前に熱中したピンボール・マシーンへの志向という形で次第に明確になっていきます。

この人物にもやはり〈内〉と〈外〉のズレ、乖離が託されていましたが、彼が意識的な次元でその空隙を捉えていたのに対して、ほとんど無意識の次元で内面の空虚をはらみ、むしろそれゆえに、その社会的な活動と位置が保全されているという構造のなかで生を送っていたのが、『世界の終りとハードボイルド・ワンダーランド』（一九八五）の「私」です。

第4章で触れたように、主筋に当たる「ハードボイルド・ワンダーランド」において、自身の脳を使って情報を暗号化する「計算士」という特殊な職業に就いている「私」が、その職務をこなして高給を得ることができるのは、情報処理の場となる脳の回路が、他の計算士と比べてもきわめて安定しているからでした。

とりわけ、脳の回路を一時開放して数的な情報を通過させる「シャフリング」という作業は、計算士に大きな負担を与えて、彼らの生を次々と奪ってきたにもかかわらず、「私」だけは健常なままその作業をこなすことができるのでした。

それは「私」が膨大な情報を浸透させながら、それに侵食されないだけの内的な堅牢さをもっているからであるとされます。シャフリングを開発した博士の見方によれば、「私」には自我の「固い殻」が備わっており、「私」がそれをもつに至った事情について博士は「幼児体験・家庭環境・エゴの過剰な客体化・罪悪感……とくにあんたは極端に自己の殻を守ろうとする性向がある。違いますかな？」という推察を与えています。また博士の孫娘にも、

「私」は「あなたは感情の殻がとても固い」と言われるのでした。

興味深いのは、彼の「感情の殻」の固さが、孫娘との交わりにおいて端的に現われていることです。まだ処女である孫娘は「私」を最初の性経験の相手にしようとしますが、「私」はそれをかたくなに拒みつづけます。「私が太っているから嫌なの？」と訊かれた際にも、「私」は「君の体はとても可愛いよ」と答えながら、「どうしてかはわからないけれど、今君と寝るべきじゃないような気がするんだ」という判断を示し、彼女の誘いに決して乗ろうとしないのでした。

こうした挿話に、「私」の計算士としての優秀さの理由の一端が現われているといえるでしょう。価値観の揺るぎなさという形で肯定的にも捉えられるこうした姿勢は、この作品ではむしろ否定的に意味づけられており、そこにこの作品に込められた、春樹のアイロニカルな眼差しが垣間見られます。

つまりこの挿話にも見られる、「私」の外界に対する志向の安定性は、本来人間が備えているべき情動を欠落させた姿であり、その意味で彼が生きている世界はすでに〈終わった世界〉ないし〈死んだ世界〉にほかならないからです。

その位置づけは、「私」が意識の基底にはらむ、脳の回路の描き出す図式としての「ドラマ」の形に示唆されています。「ドラマ」は計算士がそれぞれの固有性としてもつものですが、「私」の場合それが「世界の終り」であることを、彼が属する「組織《システム》」によって知らされていました。「私」はその意味を了解しかねていましたが、博士の次のような説明によって、ようやく腑に落ちるに至ります。

「(略) どうしてあんたがそんなものを意識の底に秘めておったのかはしらん。しかしとにかく、そうなのです。あんたの意識の中では世界は終っておる。逆に言えばあんたの意識は世界の終りの中に生きておるのです。その世界には今のこの世界に存在しておるはずのものがあらかた欠落しております。そこには時間もなければ空間の広がりもなく生も死もなく、正確な意味での価値観や自我もありません、そこでは獣たちが人々の自我をコントロールするのです」

(「25 ハードボイルド・ワンダーランド (食事、象工場、罠)」)

この説明によって、章を互いにして「ハードボイルド・ワンダーランド」と進んでいく「世界の終り」の物語との連関が浮かび上がってきます。「世界の終り」の章では、一角獣たちが行き交う静謐《せいひつ》な空間にやって来た「僕」が、動物の頭骨に刻まれた「夢」を読み解いていく「夢読み」という仕事をおこなっていきます。

この「世界の終り」の時空は、近未来的な情報戦争が展開される「ハードボイルド・ワンダーランド」の時空と、はじめは無関係のもののように映りながら、次第に前者が、後者の主体である「私」が意識下で描いている世界であることが見えてきます。「私」を支えている感情の「固い殻」に相当するものは、「世界の終り」の空間を囲っている「高い壁」として存在しており、住民たちはそれによって閉じ込められると同時に守られているのでした。

「鼠」と「影」――分身的存在の役割とは

「世界の終り」には三部作の「鼠」に相当する、「僕」の分身的存在である「影」が登場しています。

影は「世界の終り」の世界が、「心を失くすことで成立しているんだ。心をなくすことで、それぞれの存在を永遠にひきのばされた時間の中にはめこんでいるんだ」と語り、この世界の静謐さが、「心」を失った人びとが住まうことによってもたらされていることを示唆します。

そしてこの時空の織りなす光景を、「ハードボイルド・ワンダーランド」の「私」はその意識の底にはらんでいたのであり、計算士としての優秀さの条件となる感情的な堅牢さが、とりもなおさず彼が抱えた〈死んだ世界〉の反映であったことが見えてきます。

この構図は、ポストモダン社会に対する作者の厳しい評価の表われであるといえるでしょう。また、そこに漱石の近代批判との重なりと差異が見出されます。

外形的な達成や成功を収めた人物がその内に空虚を養っているという図式は、両者の人物に共通しながら、前章で見たように漱石の託した空虚は、もっぱら戦争と侵略による国家の拡張というモダンの物語が、日露戦争という「大きな物語」の後も持続していくことに向けられた眼差しの産物でした。

一方、春樹の人物がはらむ空虚は、六〇年代末の情念的昂揚に集約されるような、本来人間がもっているべき不透明な感情を脱落させた結果としてもたらされている点で、あくまでもポストモダン批判として生まれています。

また、『こゝろ』(一九一四)の先生や『門』(一九一〇)の宗助が抱いていたような「淋しさ」の情感を、春樹の人物たちはさほど強く漂わせていません。それは、彼らがそうした情感に捉えられたのがもっぱら過去の時間においてだからであり、作品内の場面においては鼠という分身にそれを肩代わりさせていることもあって、彼らはそこからすでに脱却した段階で日々を送っています。『世界の終りとハードボイルド・ワンダーランド』の「私」はそれが突きつめられた形象であり、他者と感情的なやり取りをすることのない、いわば究極の「デタッチメント」のなかに生きる人物でした。

「私」に比べれば、『羊をめぐる冒険』(一九八二)の「僕」ははるかに感情的なぶれの大きい人間です。彼は本当は行きたいのかどうか自分にも明確ではない、北海道への羊探しも、性欲を満たす相手である「耳のモデル」の女が同行することで引き受けてしまい、当初は札幌のホテルで彼女と性交を繰り返しています。

また、先の章で述べたとおり、「僕」は状況に対する判断も明敏とはいえず、自分が辿り着くべきゴールが鼠に関わる場所であることになかなか気づかないという鈍感さを示します。そのため彼は「黒服の男」が仕組んだプログラムの上を動かされてしまうのでした。

けれども、その点で彼は人間らしい不透明な「心」をもった存在であるともいえます。一方「ハードボイルド・ワンダーランド」の「私」がいつも無駄のない行動を取っているわけではありませんが、彼の前身というべき『1973年のピンボール』の「僕」が抱くような過去への執着に捉えられることもなく、現在の職務と、「一人で古くさい小説を読んだり、昔のハリウッド映画をヴィデオで観たり、ビールやウィスキーを飲んだり」する余暇によってその生活の時間を自己完結的に満たしています。

その点で確かに「私」は曖昧な情動に動かされない型の人間であり、その条件によって、彼は高度な情報社会において自分の居場所を確保することができるのでした。けれども反面、それが人間にとっての本質的なものを欠如させた姿として位置づけられているのです。

初対面の際に博士が「私」のことを評価して言う「私が思うに、あなたには何かがある。あるいは何かが欠けておる。どちらにしても同じようなもんですが」という言葉は、ここで彼に付与された二面性を示唆しているでしょう。

その彼に「欠けておる」ものと照らし合う設定が、「ハードボイルド・ワンダーランド」における分身の不在です。三部作では、主人公が七〇年代以降の時代を生きるために切り捨てた情念的自己を、残滓としてもちつづけている存在が鼠でした。「僕」との距離を変えながらも鼠が作品内に存在することが、主人公が「心」を失っていないことの傍証となっていたわけですが、「ハードボイルド・ワンダーランド」には鼠に相当する分身が存在せず、「私」は文字通り「ハードボイルド」な「殻」をもって生きていました。

循環する物語

　すると、この作品の構造には奇妙なねじれが存在することになります。「世界の終り」の時空は、「ハードボイルド・ワンダーランド」の「私」がその意識の深層にはらんだものであったことが見えてくるにもかかわらず、両者の間の関係があえて崩されている面があるのです。

　それを示すものが、「世界の終り」の「僕」に接近しようとする「影」の存在です。影は「僕」に、この壁に閉ざされた世界を脱出することをしきりに勧めるにもかかわらず、最終的に「僕」はここにとどまることを選び取ります。

　もし、この世界が「心」を失っている「私」の深層が描いている世界であるならば、情動的存在である影のような存在が現われるのは矛盾であることになります。したがって、この二つの世界は同時的な並行関係にあるように見えながら、実は時間的な前後関係のなかに配されていることが分かります。

　けれどもむしろ、この作品はそのように読み取られるように書かれているというべきでしょう。「私」は博士の依頼であったシャフリングの作業をおこなうことで、彼の深層意識を虚構的に整理した特殊な回路を脳に埋め込まれます。しかも、博士が組織間の対立に巻き込まれて「私」と接触できないでいるうちに、それを解除することができなくなってしまい、「私」は通常の意識を失ってその回路のなかで永久に生きつづけることになります。

この物語の展開を踏まえれば、「世界の終り」の時空は、「私」が閉じこめられることになった回路の描いていた世界であると見ることもできます。

川本三郎は村上春樹との対談で、「〈私〉が最後に死んだところから、今度、死後の世界として〈僕〉の森の世界の方に入っていくという読み方」を提起しています（対談「『物語』のための冒険」『文學界』一九八五・八）。たしかに、「世界の終り」には「どうして僕が古い世界を捨ててこの世界の終りにやってこなくてはならなかったのか」という感慨を「僕」が覚えるくだりがあり、彼が何らかの事情によって別の世界からここへ移動してきたことがほのめかされています。

けれども、この作品の成立の過程に眼を向けると、これとは逆の前後関係が浮かび上がってきます。つまり、『世界の終りとハードボイルド・ワンダーランド』は、五年前に書かれた、「世界の終り」に近似した短篇小説である『街と、その不確かな壁』（一九八〇）を引き継ぐ形で成立しているのです。

この短篇小説では「僕」は「影」をはぎ取られて壁に囲まれた街に入り、そこで死んでいく獣たちを眺めつつ、本を失った図書館に蓄えられた「古い夢」を読んで日々を送るのでした。その点では「世界の終り」の方が「ハードボイルド・ワンダーランド」に〈先行〉して成り立っています。

『街と、その不確かな壁』の内容は「世界の終り」と近似していながら、いくつかの重要な差異があります。

まず、「世界の終り」における「壁」は、もう一つの物語と呼応することで、主体の内面の「殻」に相当するものであることが次第に見えてきます。壁に囲われた世界は同時に「僕」自身の世界でもあり、だからこそ「僕」は影に強く誘われながらも、最後に「ここは僕自身の世界なんだ」といって、その外に出ることを拒むのでした。

一方『街と、その不確かな壁』の「街」を取り囲む壁は、そうした反転性をもたない、自由な活動を阻害する外的な障壁です。そこからその中で営まれている、活気を欠いた静謐な日々は、三部作の時代的背景である七〇年代以降の時代の暗喩としての相貌を帯びることになります。

実際この「街」はかつては、「ハンマーの喧噪に充ち、炉の熱気に覆われていた」と記されるような、活気に溢れた工業都市であったようで、六〇年代の日本を思わせるこうした光景が「何もかもがずっと昔の話」として語られているのです。

そのため、情念的存在である影が「僕」をその外に連れ出そうとすることは、〈死んだ街〉としての七〇年代以降の時代から、六〇年代への回帰として意味づけることができます。初期三部作においても主人公がしばしば意識のなかで六〇年代に回帰していたように、その境界はさほど堅固ではない「不確かな壁」にすぎず、結局街を囲む壁は脱出の意志をもつ「僕」の前から消え去ることになります。

また、『街と、その不確かな壁』と「世界の終り」の間で、結末が対照的になっているのも重要な差異です。後者においては、影の誘いを拒んで「僕」は独り壁の内にとどまることを選びますが、その結果が、「ハードボイルド・ワンダーランド」の「私」の生のあり方だったとも見られるからです。

先に述べた、「私」が自身の深層の回路に閉じこめられた結果が「世界の終り」であるという解釈と逆の前後関係が想定されるのはそこにおいてです。むしろ『世界の終りとハードボイルド・ワンダーランド』は、この循環的ないし反転的な因果性のなかで二つの物語が結びつけられる世界であるといえるでしょう。その関係性には、春樹のポストモダンへの志向とそれに対する批判が重ね合わされています。

興味深いのは、六〇年代回帰の方向性をもつ『街と、その不確かな壁』が、六〇年代を葬ることをモチーフとする三部作を書き継いでいた一九八〇年という時期に発表されていることです。それは村上春樹のなかにポストモダン批判の胚珠が早くから抱かれていたことをうかがわせます。

おそらく、春樹のなかには自身の起点としての六〇年代への愛着ないし執着が強くあり、それを意識的に封印することは七〇年代後半以降の現代を生きるための方策であったとともに、それ自体が創作のモチーフをなしていました。

けれども、このポストモダン的な時代が、決して積極的に肯定される対象ではないという認識が次第に浮かび上がってきたことが、『世界の終りとハードボイルド・ワンダーランド』の二重性をもった構造に示されているのです。

「母」としての六〇年代

このポストモダン批判としての六〇年代回帰の方向性が、より明瞭に打ち出されているのが、二〇〇二年に発表された『海辺のカフカ』です。ここでも二つの異種の物語が交互に展開していき、次第にそれらの間の連関が明らかになっていくという構成が取られています。

この二つの物語のうち、一つは田村カフカという少年をめぐるもので、彼は一五歳になった時に家出をして四国の高松にまで赴き、そこにある甲村記念図書館という所に居着くことになります。そして、そこで働く「佐伯さん」という五〇代の女性に強く惹かれ、彼女と性交を重ねるまでになります。

もう一つは「ナカタさん」という、文字の読み書きができない代わりに、猫と会話をしたりすることができるという奇妙な初老の人物をめぐるもので、彼も中盤何かに駆り立てられるようにして、星野という青年のトラックに乗せてもらって四国に赴き、カフカ少年がいる図書館に行き着くことになります。

カフカ少年が家を出たのは、「お前はいつかその手で父親を殺し、いつか母親と交わることになる」（傍点原文）という、ギリシャ神話のオイディプスと同じ予言を当の父親から受けていたことによります。

この予言の成就を回避するために、彼は東京の家を離れて四国に赴いたわけですが、結局彼の父親は何者かに惨殺され、カフカ少年は自覚のないままに、その行為の主体が自分であると考えます。

また、彼は高松の図書館で出会った佐伯さんを、やはり根拠がないままに自分の母親に同定し、彼女と性交することによって、仮想的な形ではあれ彼に与えられた予言は成就されることになります。

ともに作品の主題に関わる意味をもつ、この仮想的な父殺しと母との性交のうち、六〇年代回帰として読み解かれるのが、佐伯さんとの性的な交わりです。

この作品で彼女は作者と同年代の一九五〇年に生まれ、六九年に作品の表題と重なる「海辺のカフカ」という曲を作って大ヒットさせた過去をもつ女性として現われています。音楽活動をしていた当時彼女には恋人がいましたが、彼は一九七〇年に学園紛争のセクト間の対立に巻き込まれて殺されたのでした。この出来事が与えた衝撃について、佐伯さんは次のように語っています。

私にとっての人生は20歳のときに終わりました。それからあとの人生は、延々と続く後日談のようなものに過ぎません。それは薄暗く曲がりくねって、どこにも通じない長い廊下のようなものです。しかし私はそれを生き続けねばなりませんでした。空虚な一日いちにちを受け入れて、空虚なままに送り出していくだけです。（第42章）

恋人の死という契機によって合理化されているものの、彼女にとって七〇年代以降の時代が「空虚」な時間の堆積にすぎなかったことが明示されています。逆にいえば彼女の生の時間は六九年で停止したままであり、それと照らし合うように「海辺のカフカ」のジャケットの写真を眺めたカフカ少年は、「写真の中で、時間はぴたっと止まっている。1969年――僕が生まれるはるか以前の風景だ」という感慨を覚えるのでした。

この佐伯さんの輪郭を踏まえれば、カフカ少年が「母」として見なす彼女と交わることは、すなわち春樹にとっても原点をなす六〇年代末という〈母胎〉的時空との合一にほかならないことが分かります。

それはある意味では、カフカ少年自身にとっても〈原点〉への遡行だったといえるでしょう。ここで念頭に置くべきなのは、一九六九年を主な時間的舞台とする『ノルウェイの森』(一九八七)との連関です。

『ノルウェイの森』が刊行されたのは一九八七年九月十日であり、『海辺のカフカ』が刊行されたのは二〇〇二年九月十日です。つまり両者の間には〈ちょうど一五年〉の距離があります。そしてカフカ少年が家を出て旅に発つのは彼が〈ちょうど一五歳〉になった時です。こうした合致が偶然に起こるとは考えがたく、作者が意識的に施した符合と受け取れます。

この合致が意味するものは、カフカ少年が『ノルウェイの森』の世界において生を享《う》けた存在だということです。事実この二つの作品の間には様々な重なりが見出されます。

主人公が年上の女性に惹かれ、性交することになるのも共通した展開です。『ノルウェイの森』では「僕」は、自閉的な生に追いやられた直子が精神治療のために赴いた京都の阿美《あみ》寮という施設で自殺した後、彼女のカウンセラー的な存在だったレイコさんという三〇代後半の女性と性交します。

レイコさんは明らかに佐伯さんの前身で、彼女も作品刊行時における作者とほぼ同年齢に設定されています。比喩的にいえば、カフカ少年はこの交わりによってもたらされた人物であり、彼がレイコさんの後身である佐伯さんを自分の「母」と見なすのは、その意味では自然なのです。

佐伯さんが直子を反復する側面をもつことも重要な重なりで、佐伯さんにとって人生が「20歳のときに終わ」っていたように、一九七〇年に二一歳で自殺した直子にとっては、ほぼそれと同じ年齢で人生が文字通り「終わり」になったのでした。直子は決して七〇年代的な空気のなかで死んだのではありませんが、佐伯さんは彼女の死を比喩的に反復しつつ、直子の生きなかった七〇年代以降の時間を空無として色付けつつ生きているのです。

エルサレム賞での講演が物語るもの

「六〇年代」を葬ることをモチーフとして出発した村上春樹が、こうした形で六〇年代に回帰する方向性を示すのは奇妙な成り行きともいえますが、そこから七〇年代の受容があくまでもそのモチーフを表現するための方法的な装置だったことがうかがわれます。

春樹にとって肝要であったのは、時代にそぐわなくなった情念に拘泥《こうでい》することによって、現実世界を生きにくくなることを回避することにあったでしょうが、それはいいかえれば、この過ぎ去った時代への執着がそれだけ強く残存しているということでもあります。

もっとも、春樹が六〇年代的な反体制をあらためて標榜するに至ったわけではないでしょう。七〇年代の受容が方法的な装置であったのと同様に、六〇年代への回帰も現代批判の手立てであり、自身が生きているポストモダン的現代をやり過ごそうとする志向が春樹にあるわけではありません。

彼が異を唱えようとしているのは、七〇年代以降の社会において、国家権力の暴力とは違った形における個人の抑圧が進行しており、それによる人間の空洞化がもたらされている状況に対してです。

もっともこれはポストモダン批判の視座としては、それほど目新しいものではなく、これまでも制度的・自律的な価値観の喪失を消費と快楽主義で埋めようとしつつ、自閉的な生や内的な空虚がもたらされる時代としてポストモダン社会を眺めようとする論が提示されてきました。一方で「オタク系文化」を評価する東 浩紀《あずまひろき》のように、そうした社会を新しい文化を生み出す基盤として積極的に捉えようとする論者も少なくありませんが、それと比べれば村上春樹の方がポストモダンに対してより批判的です。

春樹の描くポストモダン的現代は、もっぱら七〇年代後半以降の高度な情報社会の進展のなかで、人間の空虚がもたらされる時空であり、この面において、春樹は現行の社会に対して異を唱える心性をもっています。

二〇〇九年二月に春樹がエルサレム賞を受賞した際の講演は、彼のそうした心性をよく物語るものです。

この講演で春樹は「卵と壁」の比喩を用い、「高く、硬い壁とそれにぶつかって割れる卵があるとしたら、私はつねにその卵の側に立ちます」と語り、力弱い個人の立場への共感を示しました。ここで強調されているのは「高く、硬い壁」が国家権力や諸々の強大な兵器だけを意味するのではなく、むしろ自分たちが生きている社会の「システム」を指すということです。

「システムが私たちを作ったのではありません。私たちがシステムを作ったのです」という言葉にうかがわれるように、「システム」は個人を一義的に抑圧する暴力装置ではなく、むしろ個人がそのなかに住み込み、その利便さを受け取ってもいる生の条件です。

この両義性は端的に、広告産業という情報社会の一角で仕事をして糧《かて》を得ながら、情報操作の力に動かされ、主体性を奪い去られていることに気づかされていく『羊をめぐる冒険』の主人公のあり方を想起させます。『世界の終りとハードボイルド・ワンダーランド』の「私」にしても、高度な情報社会を生き抜くことと、「心」を失うことは背中合わせの関係で彼という人間を形づくっていました。

この講演で春樹は、人間の「触知しうる、生きた魂」の尊厳を守ることが作家の使命であると語っていました。現実の創作においては、逆にそれを守ることの困難さが主に表現されていますが、ポストモダンの情報社会の「システム」はそれを阻害する条件として多くの作品で機能しています。そして守るべき「触知しうる、生きた魂」の在り処として、遡及的に浮上してきたのが、六〇年代という失われた時空であったといえるでしょう。

「空《から》」をはらんだ人間

その点では村上春樹はむしろモダン志向の作家なのであり、その傾斜のなかで『中国行きのスロウ・ボート』（一九八〇）などにはらまれるアジアへの侵略の問題や、『ねじまき鳥クロニクル』（一九九四〜九五）にノモンハン事件の挿話として取り込まれる戦争の暴力の問題が問われていくことになります。

ここで『海辺のカフカ』に戻れば、カフカ少年に与えられた予言の前半部分である「父親を殺す」という命題も、そこに結びつけられるものです。

この主題を考える上で重要な要素は、二人の主人公というべき、カフカ少年とナカタさんとの関係性です。カフカ少年の父である田村浩一の殺害は、カフカ少年が四国に行っている間に起こったもので、彼が直接の犯人であることは考えにくいにもかかわらず、自分のシャツが血にまみれているのを見て、彼は自分がそれを遂行したと感じます。

実際に手を下した主体として想定されるのはナカタさんであり、彼はある使命感に駆られて、「ジョニー・ウオーカー」なる人物を殺害したのでした。この「ジョニー・ウオーカー」と田村浩一の同一性が示唆されることで、ナカタさんの関与が浮上してきます。

この連関はカフカ少年とナカタさんという二人の人物が、裏表の関係をなす相互の分身であることを物語っています。「僕」と鼠、「僕」と影といった形でこれまでも繰り返し現われてきた、主人公と副主人公の分身的な関係が、ここでも展開の鍵となっています。けれども、『海辺のカフカ』における両者の比重はこれまでよりも等価的であり、ナカタさんが媒介することではじめて明確化される問題性が、この作品の父殺しの物語に込められています。

ナカタさんは文字の読み書きのできない人物ですが、その欠損をもたらした契機は、終戦間近に疎開先の山梨で遭遇した出来事にあります。学校から遠足に赴いた山で生徒たちが突然集団催眠に陥り、ナカタさん以外の子供たちは回復したものの、彼だけは意識が戻っても知的能力が回復せず、自分の名前さえ書けない状態のまま五〇年以上を過ごしてきたのでした。その状態について、ナカタさんはみずから次のように語っています。

「ナカタは頭が悪いばかりではありません。ナカタは空っぽなのです。それが今の今よくわかりました。ナカタは本が一冊もない図書館のようなものです。昔はそうではありませんでした。ナカタの中にも本がありました。ずっと思い出せずにいたのですが、今思い出しました。はい。ナカタはかつてはみんなと同じ普通の人間だったのです。しかしあるとき何かが起こって、その結果ナカタは空っぽの入れ物みたいになってしまったのです」

（傍点引用者、第32章）

ここに、この作品におけるもう一つの空虚が示されていることが分かります。佐伯さんは恋人の死に遭遇することで、一九七〇年以降の時間を「空虚な一日いちにちを受け入れて、空虚なままに送り出していくだけ」であると語っていましたが、ナカタさんは知的活動を脱落させた「空っぽ」な状態で戦後の時間を過ごしてきたのでした。

この二人に託された〈空《から》〉は同質のものではありませんが、また無縁のものでもありません。すなわち佐伯さんの〈空《から》〉が七〇年代以降のポストモダン的時代への批判意識の表出であったとすれば、ナカタさんの〈空《から》〉には人間の精神を損なう暴力の場としての戦争への批判が込められており、作者の問題意識のなかで両者は明確に連携しています。

具体的な因果性としては、ナカタさんの変容は、引率教員であった岡持先生に振るわれた暴力に起因していることが想定されます。岡持先生は前日に戦場にある夫との性交を夢見たことがきっかけとなったのか、引率の途中で突然月経が始まってしまい、それを処置した手拭いをナカタさん—中田少年が見つけて彼女の所に持ってきたことに激昂して彼を烈しく殴打した後、集団催眠が起きたのでした。

岡持先生の暴力と集団催眠の発生との間の因果性は不明ですが、そこから精神を回復しなかったのが彼だけであることから、その毀損と暴力は密接に連関するものと見なされます。

岡持先生が中田少年に暴力を振るったのは、自身の性欲を彼に見とがめられたように思ったからでしょうが、それに彼女が激昂したのは、彼女がそれを教師にふさわしくないものとする価値観を内在化させていたからです。

とくに戦時下においては、夫婦間の愛を国家への愛に優先させるべきではないとする教育が、〈銃後〉の女性に向けてもおこなわれていました。彼女が衝動的に振るった暴力は、中田少年個人に向けられたものというよりも、彼の上に写し出されていた、仮想の夫を対象とする自身の性欲に向けられたものであったというべきでしょう。

〈父殺し＝王殺し〉の比喩

したがって、岡持先生の暴力の起点にあるものは、この戦前・戦中的な価値観の源泉としての〈天皇〉であるといえます。

小森陽一は『村上春樹論――『海辺のカフカ』を精読する』（平凡社新書、二〇〇六）のなかで、この岡持先生が振るう暴力の場面における天皇との連関に言及し、「岡持先生の夫がフィリピン戦で死んだ本来の責任は、大元帥天皇ヒロヒトにあるはずなのに、岡持先生が「中田君を叩」いたことに、その責任が帰せられているのですから、岡持先生の言説の内部においては、ナカタさんの位置は、昭和天皇ヒロヒトの位置と重ねられていることになります」と述べています。

しかしこれは納得しがたい論理であるといわざるをえません。この作品における最大の犠牲者が、精神の空白状態のまま戦後の時間を生きねばならなかったナカタさんである以上、この場面では、その状態に彼を導く契機となった暴力の主体である岡持先生の方が、天皇に擬せられる存在であることになります。そう考えることで、彼がカフカ少年の父と重ねられる「ジョニー・ウオーカー」を殺害することの意味が浮かび上がってきます。すなわち田村浩一の殺害は〈父殺し〉であると同時に〈王殺し〉の意味をもち、そこにこの作品が父であり王であるライオスを殺したオイディプスの神話を下敷きにしている事情が現われています。

カフカ少年にとって〈母〉に擬せられる佐伯さんとの交わりが、実体的な行為であったのに対して、父である田村浩一の殺害が間接的な距離感を伴い、実質的な行為者がむしろナカタさんに引きつけられるのは、両者の相互の分身性とともに、その感情的な契機がナカタさんの側にあることを示唆しています。

彼は自分の友人である猫たちを好きなように殺していく「ジョニー・ウオーカー」に憎悪を覚え、ナイフで殺害に及びます。その憎悪は本来自分を「空っぽ」にした戦争の起点にいる天皇に向けられるべきものであり、ナカタさんに殺されることによって〈ジョニー・ウオーカー─田村浩一〉が〈王─天皇〉に相当する存在であることが浮かび上がってくることになります。

「ジョニー・ウオーカー」に弄《もてあそ》ばれるように殺されていく「猫」とは、したがって戦争で失われていった兵士たちの暗喩となり、そのため同じく戦争で〈失われた〉人間であるナカタさんが彼らと言葉を交わすことができるのでした。

見逃せないのは、『海辺のカフカ』において、〈王─天皇殺し〉の比喩をなす形象がちりばめられていることです。カフカ少年とナカタさんはともに中野区野方《のがた》の住民であり、またともに四国の高松に赴きますが、この「中野」と「高松」はともに天皇を相対化する存在との脈絡をもちます。

「高松」が想起させるものは、昭和天皇の弟であった「高松宮宣仁親王《たかまつのみやのぶひと》」です。リベラルな平和主義者としての側面をもつ高松宮は、軍の統率者である昭和天皇への批判をしばしばおこなっています。

戦争末期の日記には、困難を極める戦局を迎えて天皇が「ドウニモナラヌノダ」と投げやりな平静さを示したことに対して、「ナサケナイ事ダ、ドウシテ平時トコノ危機トノ区別ガオツケニナレヌノカ」(一九四五・八・九)という慨嘆を覚えたことが記されていますが(引用は『高松宮日記』中央公論社、一九九六〜九七、による)、〈神〉であった戦時下の天皇に対するこうした批判的な言辞は、やはり〈王殺し〉としての意味を帯びるでしょう。

また「中野」は、まさにその地に設置されていた「陸軍中野学校」と結びつく地名です。情報将校の養成を目指して開校されたこの学校は、一九三九年に九段下から中野に移り、情報収集能力の錬磨を目指して、徹底して実践的で合理主義的な教育がおこなわれていました。

天皇についても、「第一番に天皇もわれわれと同じ人間だ」という捉え方がされていましたが、そうした感覚は生徒にも浸透し、生徒たち自身が「われわれも日本国民だから、天皇家を尊敬する気持ちは持っている。しかし、天皇も人間だ」という発言を教官助手にしたりしています(引用は畠山清行『秘録陸軍中野学校』番町書房、一九七一、による)。こうした価値観もやはり〈王殺し〉的な相対化として見なされるでしょう。

さらに比喩的な次元においては、ナカタさんを四国にまで連れて行く星野青年は、中日ドラゴンズのファンとして設定されていますが、「星野」と「ドラゴンズ」の重なりから括り出されるのは当然「星野仙一」であり、彼こそは読売ジャイアンツの「王」を最大の好敵手として〈王殺し〉に命をかけた投手でした。また、後半繰り返し言及されるベートーベンも、フランス革命に代表される王制打倒の流れを汲むロマン主義の芸術家です。

こうした比喩は直接的なイメージよりもそれに〈ちなむ〉因果性によって成立する「換喩」的表現ですが、この換喩的な連鎖によってナカタさんに付与された〈王―天皇殺し〉の属性が浮上してくることになります。

それは本来カフカ少年自身のものであってもよいわけですが、問題性が戦争という彼にとっては遠い過去のものであるために、年長の分身であるナカタさんに託されているのです。

両者の分身性は、彼らを後半交差させる高松の甲村記念図書館を媒介として、彼らに与えられた名前を考えることでも分かります。ナカタさんの名前は漢字で書けば「中田」ですが、この二つの字を重ねれば「甲」の字が現出します。そして「村」は田村カフカの名前の一部でもあります。つまり「甲村」とはこの二人の主要人物の名前の〈和〉として成り立っており、この架空の図書館が両者を媒介する施設であることが予示されているのです。また、冒頭で「カフカ」がチェコ語の「カラス」であることが語られていますが、わざわざチェコ語の訳に言及されるのは、そこに含まれる「カラ」の音が、ナカタさんの「空っぽ」と重なるからにほかなりません。

〈依代《よりしろ》〉としての主人公

佐伯さんやナカタさんの「空虚」が、比喩的な次元を含みながらある程度その内実をうかがうことのできるのに対して、主人公であるカフカ少年自身の「空虚」はその実体を想定しにくいところがあります。

カフカ少年は作者がその空無性を想定するポストモダン的現代を生きるキャラクターであり、その点で「空虚」を担っているとはいえます。けれども彼は、甲村記念図書館で漱石全集を次々と繙《ひもと》いていくなど、知的好奇心の旺盛な少年であり、また性的欲求にしたがった行動を取ることにも積極的で、むしろ普通よりも強い意欲と行動力をもった少年であるといえるでしょう。

そのカフカ少年が「カラス」に込められた〈カラ＝空〉をはらむとしたら、それは精神性の貧しさよりも第一に、彼が佐伯さんやナカタさんといった他者の空虚をより憑《つ》かせる〈依代〉的な存在であることによっているでしょう。

カフカ少年のなかに父親を殺害しなくてはならないほどの切迫した憎悪はなく、そのため彼には父を殺した実感がないわけですが、ナカタさんに潜在する戦争への憎悪に合流する形で、〈王殺し〉の暗喩性を含む〈父殺し〉が遂行されることになります。また佐伯さんに対しては、母の不在という空虚が彼女をより憑かせるのであり、それがこのはるかに年長の女性との性的交わりに彼を導いています。

けれども逆に見れば、カフカ少年が自律性の高い少年であること自体が、彼を〈依代〉にしている前提だともいえるでしょう。彼がオイディプスと同じ予言を受けてあっさりと家を出てしまう発端は、もともと彼のなかに家族の占める比重が乏しかったことを物語っています。

カフカ少年が四歳の時に、母が妹を連れて家を去って以降、彼は父と暮らしてきたわけですが、その原因を作った父に対して、彼が少なくとも親しみをもっていなかったことは否定できません。その意味でカフカ少年の自律性と家族との紐帯《ちゅうたい》の希薄さは背中合わせであり、後者が彼にナカタさんや佐伯さんと結びつかせる「空虚」をもたらしているといえます。

そして、そのカフカ少年を通して前景化されてくるものが、七〇年代以降のポストモダン的時代の空虚さであるとともに、ナカタさんのはらむ問題性としての戦争という暴力の場の空しさであり、その起点には春樹のモダン志向的な意識があります。

先に触れた〈中国〉への負い目の表現にも見られたように、春樹のなかにはアジアへの侵略の歴史への関心が強く抱かれていますが、六〇年代回帰の方向性が、その延長上に近代日本の中心的な問題性である〈戦争〉と結びつこうとするのは自然な流れです。

『海辺のカフカ』においても、後半自身にかけられた父殺しの嫌疑を逃れるためもあって赴いた四国の森の中で、太平洋戦争時の兵士たちと遭遇するという、過去への時間的移動が描かれます。

そこには佐伯さんを思わせる少女がおり、この二つの過去がひとつながりのものであることが示唆されています。そしてその頃、星野青年は眠るように死んだナカタさんの口の中から出てきた不気味な白い生物を抹殺しようと奮闘しますが、このナカタさんの中に入り込んで彼の空虚な存在にしていたこの「白いもの」こそが、戦争の暴力性の形象化にほかならないでしょう。

そのため星野青年は「圧倒的な偏見をもって強固に抹殺するんだ」（傍点原文）という、ベトナム戦争を主題とする映画「地獄の黙示録」の科白を引用しつつ、その「白いもの」に立ち向かうのでした。

こうした表現がうかがわせるように、春樹のモダン回帰は、当然それを肯定する形でなされているわけではありません。七〇年代以降のポストモダンの時代が空虚であったとしても、モダンとしての六〇年代はすでに失われたものであり、さらにその彼方に横たわるモダンの問題性としての戦争、侵略に対しては、春樹の眼差しは一層批判的です。

そこから漱石の眼差しとの重なりが浮上してきますが、『ねじまき鳥クロニクル』でロシア軍に捕らえられた日本兵になされる残酷な「皮剝ぎ」の場面に見られるように、戦争の経験者ではない春樹にとって、戦争は暴力が集約的、突出的に現前する場としてのイメージが強く、『中国行きのスロウ・ボート』（一九八〇）などに現われる相手国としての中国も、漱石にとっての韓国（朝鮮）よりも政治性を脱色された次元での、加害の記憶や負い目を喚起する装置でした。

その点で春樹における戦争は、同世代の村上龍が、しばしば戦争を日常生活の停滞に対するアンチテーゼとして捉え、戦争の勃発を暴力が支配する非日常的な時空への移動として描き出すことと近似した面をもっています。来襲した北朝鮮の部隊が福岡の街を占領してしまう『半島を出よ』(二〇〇五)に顕著なように、龍にとって戦争は、それを忘却している現代の空虚な平穏さを震撼させる契機です。

その背後にはやはりポストモダン的な現代を相対化する眼差しがありますが、肉体の端的な暴力性に傾斜しがちな龍と比べれば、『ねじまき鳥クロニクル』のモチーフとして、「日本における個人を追求していくと、歴史に行くしかない」(『村上春樹、河合隼雄に会いにいく』岩波書店、一九九五)という考えをもつ春樹の方が、歴史の通時的な堆積に対する関心が相対的には強いといえます。

また、この発言にははっきりと、「個人」と国家の「歴史」が地続きに連結されるという、漱石と同様の着想が示されています。そこにも春樹のモダン志向の作家としての立ち位置が現われているでしょう。

第Ⅳ部

未来と過去を行き来する物語

――二人の込めた〈日本〉への願いとは

漱石は帝国主義的な拡張が終息することへの願いを、新しい時代を生きる若い「私」に託しつつ『こゝろ』を書いたが、その希求を裏切るように日本は大正時代に入っても、第一次世界大戦への参戦によって、帝国主義的な拡張を持続させていった。

それを反映するように、『こゝろ』の未来志向とは逆に『道草』と『明暗』では、近代化を辿った日本の過去が、主人公の軌跡に重ね合わせるように描かれている。

一方、春樹は次第に明確になるモダン回帰の志向のなかで眼差しを過去に向けることが少なくなるが、『1Q84』では八〇年代半ばを舞台としつつ、むしろ六〇年代につながるロマン的な「心」が人間同士を結びつける世界を描き出すことになった。

第7章　〈未来〉からの眼差し〔漱石〕

『こゝろ』『道草』『明暗』

時空を移動する人物

夏目漱石と村上春樹に共通するひとつの手法として、人物の生きる時空を移動させるというものがあります。

春樹については、これまで取り上げてきたように、人物を過去に移動させることが珍しくありません。比較的明瞭であったのは『1973年のピンボール』（一九八〇）の双子の女の子で、いつの間にか現われた身元の分からない彼女たちは、明らかに作品内の時間を生きる生身の人間ではなく、執筆時の一九八〇年から送り込まれた存在でした。

『風の歌を聴け』（一九七九）でも、四本指の女の子や「僕」が数年前の過去に移動していることが想定される場面が見られました。また前章で見たように、『海辺のカフカ』（二〇〇二）のカフカ少年は、後半、森の中ではっきりと太平洋戦争の時間に移動し、兵士たちと遭遇します。

春樹への言及をもう少しつづければ、こうした手法の極めつけは、『ノルウェイの森』（一九八七）に見られます。「僕」が、京都の阿美寮に移った直子と並行して交際するようになる緑は、執筆時の時間から作品内の時間である一九七〇年前後に送り込まれた人物として捉えられるのです。

緑の描出や彼女のおこなう言動には、一九七〇年前後としてはきわめて不自然なものが多く盛り込まれています。たとえば彼女が「僕」に歌って聴かせる「500マイル」「花はどこへ行った」「漕げよマイケル」といったフォークソングは、「昔はやった」ものとして列挙されていますが、これらはいずれも場面の時間である一九六九年当時にポピュラーであった曲であり、決してその時点では「昔はやった」ものではありません。

また、緑は当時「ゴーゴー」と呼ばれていた施設を「ディスコ」と呼び、当時には存在しない、男女の性交そのものを映し出すような日本の「ポルノ映画」を「僕」と見に行ったりします。さらに彼女の言動全体が、『資本論』などさっぱり分からないといって周囲の学生に馬鹿にされるなど、七〇年前後には似つかわしくない軽さを帯びていますが、それらは結局彼女の本当の居場所が執筆時の八〇年代後半にあることからもたらされています。

この設定は緑を、死んだ直子の〈転生者〉として作中に生かすためのものだと考えられます。直子が自殺したのは、第十一章で示されるように一九七〇年ですが、これまでもしばしば指摘されているように、「僕」が寮の同居人である「突撃隊」からもらった蛍を空に放つ第三章の末尾の場面は、直子の象徴的な死を物語っています。そしてそれにつづく第四章から緑は登場しているのです。

この登場のさせ方も、緑が直子の〈転生者〉であることを暗示していますが、年齢的にも、蛍が放たれる六九年の夏に直子が緑に転生しているとすれば、作品の発表時の八七年九月には緑は一八歳になっており、作品における彼女の年齢の設定とほぼ重ねられます。

おそらくこの快活な少女は、直子が生きえなかった生を代わって生きるべくもたらされた形象であり、そのため「僕」の直子への執着を知りながら、緑は彼女に嫉妬することはありません。春樹自身、「僕」と直子、「僕」と緑の関係について「並行する流れ」であって「三角じゃない」とはっきり語っています（「『ノルウェイの森』の秘密」『文藝春秋』一九八九・四）。

すなわち直子と緑はいわば〈同一人物〉ですが、それを浮かび上がらせているのが、春樹自身がデザインした装丁です。上下二巻からなるこの作品では、上巻に赤一色、下巻に緑一色の表紙が用いられています。

この色の組み合わせに込められたものを探るのは、さほど難しくないでしょう。すなわち上巻の〈赤〉は六〇年代末の情念的な昂揚、あるいはそれが渦巻いていた東京という大都会を示し、下巻の〈緑〉は直子がそこから離れて身を置くようになる阿美寮のある京都の山中を示しつつ、表題である「ノルウェイの森」との脈絡をも形づくっています。

したがって緑という色彩は基本的に直子に由来するものと見なされますが、いうまでもなくそれは同時に「緑」という人物と結びつきます。つまり〈直子＝緑〉という関係が、この表紙に示唆されているのです。

〈未来〉に人物を飛ばす漱石

漱石について述べるはずの章の冒頭で、春樹に頁を割《さ》いてしまいましたが、作家はこうした手の込んだやり方で〈遊び〉つつ、作品の主題を表現していくことが少なくありません。ここでは触れませんが、三島由紀夫や大江健三郎の作品にも、こうした〈遊び〉が多く見られます。

人物の生きる時空を動かす手法については、漱石は春樹とは逆に未来に人物を〈飛ばす〉ことをしばしばおこなっています。

たとえば『門』（一九一〇）の宗助、御米の夫婦は結婚後六年を経たという設定ですが、彼らの結婚が作品発表の年に遂行された日韓併合を寓意しているならば、彼らがいるのは〈明治四十九年＝大正五年〉の時空であるともいえます。その時点において子供をもうけることができず、先細りの未来を予感しつつ日々を送っている彼らの姿は、帝国主義的拡張に対する漱石の醒めた眼差しの所産にほかなりませんでした。

また『坊っちゃん』（一九〇六）の語り手も、発表時よりも未来にいることが想定されます。坊っちゃんが教頭の赤シャツに制裁を加えて四国の中学校を辞したのは、日露戦争の祝賀会がおこなわれている明治三十八年（一九〇五）の秋ですが、作品が発表されたのは明治三十九年（一九〇六）三月であり、半年の間隔しかありません。

その間に坊っちゃんは中学校の教師から街鉄の技手に転身し、また彼の世話を焼いてくれた下女の清《きよ》が肺炎に罹《かか》って「今年の二月」に死んだことが末尾に記されています。これは時間的にはとくに問題ないように見えますが、そのとおりに出来事が継起したとすれば、いささかあわただしい展開です。清が死んだのが本当に明治三十九年の「二月」であれば、まだ法事も済んでいない段階であるはずで、「清の墓は小日向《こひなた》の養源寺にある」という末尾の記述と矛盾してしまいます。

自然な展開としては、坊っちゃんは東京に戻って街鉄の技手となり、再び同居するようになった清とともに数年を過ごした後に彼女が死に、「小日向の養源寺」に葬られてからある程度の時間が経った時点でこの物語が綴られていることが想定されます。つまり彼は実際は作品の発表時よりも数年は未来にいると考えられるのです。

これと近似した設定を、より明瞭な形で示しているのが『こゝろ』(一九一四)です。「上」「中」巻の語り手である「私」は、明治の終焉とともにみずから命を閉じた「先生」との交わりの追憶を語っていきますが、作品の発表と同じ時間に「私」がいるとすれば、先生の死から一年半ほどしか経っていません。

けれども「私」の語り口は全体に落ち着いていて、相当の時間が経過していることを感じさせます。また叙述のなかには「子供を持つた事のない其時の私」といった文が見出され、現時点の「私」が結婚して子供をもうけていることが示されています。もちろん一年半は子供をもつには十分な時間ですが、『坊つちやん』と同様に、もう少し長い時間が先生の死から経過していると想定する方が自然に映るのです。

『こゝろ』のこの語り手の時間的な居場所については、これまでも議論の対象となってきました。蓮實重彦《はすみしげひこ》は小森陽一、石原千秋との鼎談《ていだん》（『漱石研究』第6号、一九九六・五）で、作品のなかに「時間の隔たりを指示している文章がずいぶんある」ところから、「大正も終わりかかった頃に書かれた」のではないかという感想を語り、小森、石原もそれにほぼ同調しています。

また松澤和宏《まつざわかずひろ》は「私」が他者の言説である先生の遺書を公開することが、著作権の問題と関わってくることから、当時の著作権の保護期間である「三十年」という期間が、先生の自殺と「私」の語り出しの間に想定されるという論を提示しています（『生成論の探求――テクスト　草稿　エクリチュール』名古屋大学出版会、二〇〇三）。

これらの指摘はどれも妥当性をもつもので、先生の死後少なくとも一〇年前後の時間が経過した時点で、「私」が語り手となっていると考えるのが自然でしょう。そしてこの仮定は、漱石の着想のあり方を考慮すればとくに奇妙なものではないことが分かります。『こゝろ』以外の作品についてはほとんど指摘されていませんが、ここで述べたように、他の作品でも漱石は繰り返しこの設定のなかで物語を語っているのです。

漱石と春樹の間で、語り手や登場人物の生きる時空を移動させる手法がともに認められ、しかもその方向性が対照的であることの意味は明瞭です。それはこの二人の作家がいずれも、執筆時の現在とは違う時点に現実批判のための起点を求め、それとの関わりのなかで物語を構築していこうとするからです。

春樹にとっては、それは六〇年代後半の情念的な時代であり、漱石にとってはそれはいまだ訪れていない、戦争と侵略による国家の拡張という「物語」が超克された時代でした。

これまで見たように、もともと漱石は明治三十九年の「断片」に「過去ナキノミナラズ又現在ナシ。只未来アルノミ」と記すような未来志向の作家であり、あるいは〈百年後〉の未来から自身の生きる現在を相対化して眺めようとする着想の持ち主です。

同じ明治三十九年の「断片」には「己《おの》レノ住ンデ居ル世界ヲ遠クカラ眺メル法。遠クカラ見ルト自己ノ世界ノ高低、深浅、高下及ビ自己ト周囲トノ関係ガ歴然トワカル」と記され、距離を取って自己を相対視することの重要性が強調されています。

漱石はイギリス留学によって、自身と日本という国についてそれを空間的にすでにおこなっており、その際の経験がこの記述の下敷きにされていると考えられます。この〈遠さ〉は当然時間的にも仮構されるものであり、今の引用の前に見られる「断片」の記述では、「尊敬」の対象となっている「皇族」「華族」「金持」「権勢家」らが、「百年ノ後ニハ誰モ之ヲ尊敬スル者ハナイ」であろうと推測されています。

〈明治〉としての先生／〈大正〉としての「私」

こうした着想と現実批判の意識から、漱石の作品には未来からの眼差しが織りまぜられることが少なくありません。その眼差しをはらみつつ、過去・現在・未来の三つの時間が交錯して現われるのが『こゝろ』の世界であるといえるでしょう。

この作品の叙述の特徴は、世代を異にする二人の語り手が、いずれも一人称で物語を語っていくという設定を取っていることで、いいかえれば〈二人の主人公〉が存在するということでもあります。ともに「私」という一人称が使われているので、ここでは便宜的に「私」と「先生」という表記で二人を区別しますが、彼らが拮抗する比重で作品に登場し、あるいは物語を語っていくという構造自体が、この作品に込められた主題を表現しています。

先生は「遺書」を「私」に託し、それを受け取った「私」は郷里で看病をしている危篤《きとく》状態の父を見捨てるように東京に向かう列車に飛び乗るのでしたが、この振舞いにはどちらも不自然なところがあります。

とくに先生が遺書を家族である妻ではなく、血のつながりのない「私」に託すのは、それ自体が破格であるとともに、そこで語られている妻に対する情愛に背いているともいえます。先生は遺書の末尾で、妻を「純白」のままにしておきたいので、自分の死に至る事情を何も告げたくないと語っていますが、妻を本当に愛しているならば、逆にすべてを彼女に告げるという選択もありえたはずです。

また「私」にしても、死に向かいつつある父から離れて、すでにこの世の人ではないことが分かっている先生の元に赴こうとするのが、息子として妥当な行動といえるかどうか疑わしいでしょう。

けれどもこうした不自然さにこそ、この作品の固有性が見出されます。そこに浮かび上がっているものは先生と「私」の間の紐帯《ちゅうたい》であり、実の父ではなく先生の生を引き継ぐ者として位置づけられている「私」の存在です。

それは彼らが同じ程度の比重をもって、〈二人の主人公〉としてこの作品に現われていることと照応する設定です。すなわち先生と「私」は漱石的寓意の機構のなかで、明らかに〈明治〉と〈大正〉の日本をそれぞれ表象する存在として描かれているのです。

『こゝろ』が発表されたのは、先に触れたように明治天皇の死によってこの時代が閉じられてから約一年半を経過した時点においてであり、大正という新しい時代が始まりながら、まだ明治の余韻が残存している頃でした。

とりわけ年齢的にも明治日本と歩みを重ねるように生きてきた漱石にとって、この時代が終わることには特別の感慨があったに違いありません。明治天皇の死に際して、日記に「改元の詔書」や「朝見式詔勅《ちょうけんしきしょうちょく》」などを書き写していたことにも、それがうかがわれます。

けれども、これまでの章でも検討してきたように、漱石はこの明治という時代に愛着を抱きつつ、その進み行きのあり方に対しては批判的でした。

「現代日本の開化」（一九一一）で語られるように、西洋を模倣しつつ性急に物質的な「開化」を図ろうとする展開は、それまで受け継がれてきた日本人の生活と文化に十分内在化されず、いたずらに国民を疲弊させるばかりであるという認識を漱石は抱いています。

もっとも生活面での西洋化が、それ自体で民衆を疲弊させるということはありえず、その直接的な要件をなしているのは戦争の遂行でした。とくに日露戦争をおこなうために国は膨大な借金を重ね、国民には過重な増税と、八万人を超える戦死者たちの犠牲が強いられました。さらに明治時代を通しての戦争と侵略による拡張の結果として、台湾と韓国が植民地化されるという、他国民の犠牲がもたらされることになりました。

とりわけ漱石が職業的な作家となった明治四十年代前半に進行していった韓国併合が、その時期に書かれた作品に否定的に写し出されている点については、第3章で眺めたとおりです。日本が西洋諸国と比肩しうる、真に近代化された国家となることは漱石の強い希求でしたが、自身の歩みと重ねられる明治日本の進展は、残念ながら望ましい形を取ることはありませんでした。

これまで作品の主人公を、明治日本を寓意する存在として描きつづけた漱石は、明治が終焉することによって彼に〈死〉を与える必要が生じるとともに、こうした明治が辿ってきた方向性に決着をつけようとしたのでしょう。

先生が明治天皇の死とそれに対する乃木大将の殉死につづいて、自身の生を閉じようとするのは、大岡昇平が「「先生」はいささか無理矢理作者に自殺させられてしまった」と語るように(『小説家夏目漱石』筑摩書房、一九八八)、自然な展開とはいいがたいですが、漱石の創作の論理からすれば必然性があり、むしろそこに時代の転換に込められたメッセージが汲み取られます。

先生は遺書の終わり近くに「記憶して下さい。私はこんな風にして生きて来たのです」と述べ、さらに末尾で「私は私の過去を善悪ともに他に参考に供する積りです」と記しています。この先生が「生きて来た」道程が、明治日本の足取りと重ねられることはいうまでもありません。

第5章で述べたように、先生がKとの拮抗を制して「御嬢さん」を獲得した経緯は、戦争と侵略による明治日本の帝国主義的な拡張と照らしあうものでした。Kの自殺を契機として、先生はその虚しさを認識し、遺書を執筆する時点においてはその過去の自己を批判的に眺めるに至っています。それが遺書における「御嬢さん―妻」に対する評価の揺れをもたらしていました。

先生が遺書を家族ではない「私」に託そうとしたのは、前途のある彼に自身の轍《てつ》を踏んでもらいたくないという思いからであり、いいかえれば、大正という新しい時代に、対外的な戦争と侵略に終始した明治とは違う時代として展開してもらいたいという、漱石の願いの表現でした。

そのように考えることで、「私」に何かの学問を伝えたわけでもない先生が、「先生」と呼ばれていることの意味も理解できます。先生とは字義的には〈先に生まれた〉人間のことですが、〈明治〉はまさに〈大正〉に先んじる時代として〈先生〉にほかならないからです。

一方、「私」の郷里の父もその点では〈先生〉ですが、漱石的寓意の構図においては、『三四郎』（一九〇八）における熊本がそうであるように、〈郷里〉は多くの場合、否定的に眺められる前近代的世界の暗喩であり、むしろ関係を絶つべき対象でした。そのため「私」はあえて危篤に陥った実の父よりも、先生との連続性を優先させようとするのです。

「明治の精神」とは何か

先生の自殺と郷里の父の死に対する「私」のこうした態度の取り方の差異に、漱石のなかにある日本の歴史的展開に対する評価が写し出されています。

繰り返し指摘してきたように、漱石は未来志向の作家であり、〈江戸〉〈徳川〉への冷淡さにうかがえるように、前近代的世界に対する執着はありません。それは漱石が、西洋列強の脅威に晒《さら》される状況下で、「外発的」な形であれ、近代国家としての内実を備えることが求められた時代とともに生きたからです。

もちろん漱石はそうしたあり方に批判的であったわけですが、その背景には日本がある程度近代国家としての基盤を作り、日清、日露という二つの大きな戦争にも負けなかったことで、外部からの脅威にも耐えうる国力があることが認識された時代があります。

一方、漱石よりも二回り年長の福沢諭吉にとっては、西洋列強の接近はさらに身近な脅威であり、それを凌《しの》ぐには国民が相手方の学問である「実学」を吸収して、国力を増強する基盤を作ることが急務と考えました。そのため彼にとっては、漱石が尊重した漢文学も、「古来、漢学者に所帯持ちの上手なる者少なく」（『学問のすゝめ』一八七二〜七六）と揶揄《やゆ》されるような、世間知らずの人間がかじる非実用的な領域でしかありませんでした。

その点で福沢の前近代的なものへの眼差しは、漱石のそれよりもさらに冷淡ですが、両者の思考の間には強い共通点があります。すなわち二人とも、国家の独立と自立が第一義的に追求され、個人の精神的自律もそれを実現するための条件と考えられた時代を生きた人間だということです。

とくにそうした国家と個人の関係性を明確化したのは福沢であり、主著の『学問のすゝめ』で強調される「一身独立して一国独立す」という命題は、「実学」を吸収することで精神的な自律性を得た人間が集合することにより、自国を守る気概をもった国民が生みだされ、それによって西洋列強の脅威に対峙しうる国家の独立性がもたらされるという主張でした。

ここに見られる、国家と個人を入れ子的に連続させる着想は漱石にもあり、『文学論ノート』に見られる「F＝n・f」という等式は、国家の集合的な関心が個人によって分有されるという認識を語っていました。

ほとんどの作品の主人公に同時代の日本の寓意が託される漱石的造形が、それと連続していることはいうまでもありません。そして、こうした個人と国家を連続的に捉える精神こそが、『こゝろ』の終盤に現われる「明治の精神」の意味するものにほかならないといえるでしょう。

「下」巻の終わり近くで、先生は明治天皇の崩御に際し、「明治の精神が天皇に始まつて天皇に終わつたやうな気」がし、「最も強く明治の影響を受けた私どもが、其後に生き残つてゐるのは必竟《ひつきよう》時勢遅れだといふ感じが烈しく私の胸を打ちました」と述べています。

それが先生を自殺へと導く契機として示されているわけですが、この「明治の精神」の具体的な内容が遺書で明確化されているわけではありません。

この言葉と関連するものが、「上」巻で先生が「私」に語っていた「自由と独立と己れとに充ちた現代に生れた我々」は、その「犠牲」として「淋しみを味はわなくてはならない」という科白であり、この二つの先生の言葉を連携させることで「明治の精神」を輪郭づけようとする論が多く出されてきました。

「自由と独立と己れ」を「明治の精神」と捉える見方も珍しくなく、唐木《から》順三《きじゆんぞう》は先生について「「明治の精神」である「自由と独立と己れ」の犠牲になって倒れた」人間であるとし明治の精神である「自由と独立と己れ」の外化である明治の精神の終焉」という言い方によって、両者を同一視していました（『夏目漱石』東京大学出版会、一九七〇）。

それに対して山崎正和や三好行雄《みよしゆきお》は「自由と独立と己れ」を「明治の精神」の中核的な要素として想定しながらも、それに固執することによって自己の内面に空虚をもたらしてしまうアイロニーに、この時代を特徴づける「精神」のあり方を見ています。

山崎は明治時代の知識人がその自主独立の思想を追求しようとするあまり、他者から働きかけられる受動性を潔癖に斥《しりぞ》けようとすることで、「癒しがたい奇妙な「淋しさ」」を抱え込んでしまうという見方を示しています（「淋しい人間」『ユリイカ』一九七七・一一）。

また三好は「〈自由と独立と己れに充ちた現代〉を肯定しながら、というより、それを運命としてひきうけながら、なおそのかなたに人間の耐えねばならぬ孤独と寂寞《せきばく》を知ってしまった精神」として「明治の精神」を把握しています（「『こゝろ』鑑賞」鑑賞現代日本文学５『夏目漱石』角川書店、一九八四、所収）。

一方この言葉とは切り離して、明治天皇の死によって遡及的に喚起された精神として「明治の精神」を考えるならば、それは明治天皇が〈大帝〉として国を率いた時代の精神であることになり、逆に国家への同一化が前面に押し出されてくることになります。

江藤淳は、先生は「去り行く明治の精神のため」に死んだのであり、それによってその自殺は「何ものともつながらぬ、形式を喪失した自我の暴威に対する自己処罰の意味を持ち得る」のだと語っています（『決定版　夏目漱石』新潮社、一九七四）。

あるいは漱石を念頭に置きつつも『こゝろ』に直接の言及をおこなわない形で書かれた「明治の精神」という論考で、保田與重郎《やすだよじゅうろう》は「明治の精神は云はば日清日露の二役を国民独立戦争と考へた精神である」と断じ、その「明治の精神を崇高に象徴した御一人者は、明治天皇であつた」と述べていました（「明治の精神」『文藝』一九二七・二、三）。

先生にとっての〈現在〉はいつか

ここまで追ってきた漱石の思考の形を踏まえれば、「明治の精神」に対するこうした両面的な把握は、自然にもたらされるものであったといえるでしょう。個人の「自由と独立と己れ」の尊重も、明治天皇に象徴される〈公〉への信奉も、どちらも「明治の精神」を形成する二つの地平として連続しているからです。

福沢や漱石に見られる、個人と国家を入れ子的に連携させる着想から「自由と独立と己れ」という言葉をあらためて眺めれば、それが個人と国家の両方に適用されるものであることが分かります。すなわちそれは、個人が自主独立の精神を身につけることであるとともに、国同士のせめぎ合いのなかで自国の独立性と主体性を確保することにほかならないからです。

もちろんそれが時代的な精神のあり方である以上、個人と国家を連続させる思考のなかで表現をおこなった文学者・思想家は、福沢、漱石に限らずこの時代に多く見出されます。たとえば、漱石より三歳年長の二葉亭四迷は、国家的関心と合一することを第一義に考え、その筆名に託されるように、文学に携わる活動をそこからの脱落として受け取る疎外感のなかで生を送ってしまった人物でした。文学者となった後も、日露外交を担うという青年時からの夢を断ち切りがたく、東京外国語学校のロシア語教授の職を擲《なげう》って大陸に渡って行ったりしています。

教育勅語に敬意を表さなかったために一高の教職を追われ、また日露戦争開戦前には非戦論の論陣を張った内村鑑三のようなキリスト教思想家においても、こうした思考が見られます。内村がイエスへの信奉と自国への貢献をともに重んじる「二つのJ」(Jesus と Japan)を標榜していたことはよく知られていますが、自伝の『余は如何にして基督教徒となりし乎』（一八九五）においても、内村は「まず人となること、さらに愛国者となること、これが私の外国行きの目的だった」と記しています。

けれども「明治の精神」が「一身独立して一国独立す」「F＝n・f」「二つのJ」といった表現からうかがわれる、個人と国家を地続きに捉える精神の形であったとしても、それと共鳴する「自由と独立と己れ」という先生の言葉が、直接的には個人のあり方に重きを置いた表現であることは否定しえません。

おそらく、漱石もそちらに比重をかけつつ、この言葉を先生に語らせていると考えられます。実際には国家の独立の確保が優先され、個人主義がむしろその実現を阻害する要因とも見なされがちであった時代を念頭に置きつつ、あえて先生に「自由と独立と己れとに充ちた現代に生れた我々」といういい方をさせているのは、漱石独特の未来の時間を作品内に取り込む手法の産物です。

先生が生まれたのは明治初年代の後半頃で、彼が少青年期を送った明治十、二十年代は、帝国憲法・教育勅語の発布などによって、天皇を中心とする中央集権国家が形成されていくと同時に、ロシアの南下を抑制するべく朝鮮を確保するという軍事的な方向性が明確になっていった時代でした。

先生にとっての「現代」がそうした時代であったとすれば、そこで重視されていたのはやはり、福沢諭吉が力点を置いたような国家の独立と自立であったはずです。

したがって個人の側に比重がかけられた先生の言葉における「現代」が含意する時間は、彼自身が生きた時代というよりも、むしろこの作品が書かれた大正初年代であると考えられます。そもそもそれが先生が送った少青年期を指すならば、「現代」という言葉が用いられるのは奇妙でもあります。この「現代」は、広く維新以降の近代全体を含みつつ、より直接的には先生よりも若い「私」が生きていこうとする新しい時代を示唆しているでしょう。

明治末年頃から、それまでの国家主導に逆行する、個人の個性を強く主張する流れが生まれてきていました。漱石はそれを感知しつつ、その主体となるべき人物として「私」を作中に導き入れているのです。

実際、漱石の自宅で開かれていた「木曜会」には、鈴木三重吉、寺田寅彦《てらだとらひこ》、森田草平《もりたそうへい》、芥川龍之介といった若い才能が集っており、彼らは現実に大正期の文化・文芸の担い手となっていきました。もっとも漱石の薫陶を受けた若い文学者たちが、個人の個性を称揚する作品の書き手となったわけではなく、その流れを主に担ったのは、芥川が「文壇の天窓を開け放つ」(「あの頃の自分の事」一九一八)と評した、武者小路実篤、志賀直哉、有島武郎《ありしまたけお》らの白樺派の作家たちでした。

明治の終わりに登場した彼らによって、個人が「自由と独立と己れ」を主張しうる「現代」が先導されていったのであり、その意味ではそれはむしろ〈大正の精神〉といっても過言ではないのです。

自身の感性的判断に則《のっと》る「個人主義」を標榜しつつも、「私共は国家主義でもあり、世界主義でもあり、同時に又個人主義でもあるのであります」（「私の個人主義」一九一四）という表現で、それをなお国家との関係性のなかに置こうとしていた漱石とは異なり、彼らは個人の個性に則って生きることを、本来の人間性の発露として肯定しようとしていました。

もっとも日本社会がこうした個人主義ないし個性主義をすすんで受容する段階に至っていたわけではなく、明治四十四年（一九一一）に出た井上哲次郎《いのうえてつじろう》の『国民道徳』に「個人主義は、唯天地間の一個人である、自分は日本の国民ではない、天地間の一員である、と云ふのであるが、さう云ふ事をやれば、国家と云ふものは成立《なりた》たぬ」と語られるように、あくまでも国家の一員として国民の生き方があるという考え方は依然として力をもっていました。

白樺派の作家たちも、自己の個性を伸長しようとする生き方が国家や共同体と対峙することにもなることを当然認識していました。有島武郎の代表作である『或る女』（一九一九）

はその葛藤やせめぎ合いを、新世代の女性に託して描いています。当時勃興しつつあった、平塚らいてうらによるフェミニズム運動を背景としつつ書かれたこの作品では、ヒロインの葉子は自己の個性に従って生きようとすることで、社会から疎外され、結果的に荒々しい野性をもった男に従属しつつ、肉体的にも滅んでいってしまうという運命を辿るのでした。

「自分」＝「明治日本」の頼りなさ

こうした思潮を踏まえながら、漱石は新しい時代としての〈大正〉を若い「私」に託しつつ、彼が前近代の比喩をなす父ではなく、〈明治〉を寓意する先生の存在を引き継ぐという着想によって、『こゝろ』の創作をおこなったと考えられます。

先生と「私」の間の血縁の不在は、〈明治〉との差別化が新しい時代に期されたゆえの設定であり、また同時にそれゆえ先生は明治の終焉とともにその命を閉じなくてはならないのでした。

けれども『こゝろ』に込められた漱石の期待が叶えられる方向に、日本が進んでいくことはありませんでした。戦争と侵略によって国力を拡張しようとする流れは、大正に入っても止むことはなく、皮肉なことに『こゝろ』の連載が完結した大正三年（一九一四）八月に、日本は第一次世界大戦に参戦し、青島《チンタオ》に出兵してドイツ軍を陥落させることで、この新しい時代もやはり戦争と侵略によって営まれていくであろうことが見通されることになりました。

これは漱石にとっては苦々しい事態であったでしょう。それを反映するように、翌大正四年（一九一五）に書かれた『道草』は自伝的な体裁を取り、それまでの漱石には見られなかった、もっぱら過去に向けられた眼差しによって物語が構築されています。

この作品では、外国留学から帰国した健三という学者が、日本での生活を再開させるとともに、かつての養父である島田が自分の元に接近してしつこく金銭的な援助を求めるのに悩まされるという展開が語られていきます。

これは明治三十九年（一九〇六）から明治四十二年（一九〇九）にかけて漱石自身の身に起こった出来事を下敷きとして構築されたもので、すでに縁を切っていたかつての養父塩原昌之助が、作中に語られるような接近を漱石におこない、漱石はそれに悩まされたあげく、関係を絶つために手切れ金を払わねばなりませんでした。

ここに示されているものは『こゝろ』とは逆に、養父の島田が容易に葬られることなく、しぶとく生きつづけているという点に込められた、前近代のしたたかな生命力です。それはそのしつこさだけでなく、島田が老齢であるにもかかわらず黒い髪のままで、そのことを健三がいぶかしく思うといった描き方にも現われています。

一方、主人公の健三は、作者の分身としてここでも明治日本の表象ですが、『こゝろ』で先生の自殺という形で決着がつけられたはずの〈明治〉が再度登場しているのは、前作での葬られ方があまりにも作者の希求に色付けされたものだったからでしょう。

『道草』では健三に託された明治日本の帰趨が、作者自身の軌跡とその現実的な認識に沿う形であらためて辿り直されています。基調となっているのは、彼が異質な世代の人間に脅かされているように描かれていることで、父の世代に当たる島田には執拗な金銭の要求に苦しめられます。さらに、生まれてきた自分の子供にも、喜びよりもむしろ不気味さを感じ取っています。

新しい命を享けた赤ん坊に健三は「恰好《かっこう》の判然しない何かの塊」という印象を抱くとともに、「赤ん坊が何処《どこ》かで生れゝば、年寄が何処《どこ》かで死ぬものだといふやうな理窟とも空想とも付かない変な事」を考えて、「つまり身代りに誰かゞ死なゝければならないのだ」という感慨を覚えます。

この赤ん坊は作中の時間としては明治年間に生まれていながら、それを描いている執筆時の意識が投げかけられることで、大正という〈新しく生まれた〉時代の暗喩をなすことになります。そして健三が漠然と描く、新しい生命の誕生によって「身代り」に「死ななければならない」対象とは、とりもなおさず彼自身に仮託された明治という時代にほかなりません。

すなわちこの作品では、しぶとく命脈を保ちつづける〈前近代〉と、新しく誕生した〈大正〉という時代の狭間で、居場所をなくしつつ死に行く者として、健三に託された〈明治〉が位置づけられています。

しかも新しい時代の暗喩である赤ん坊も、決して希望に満ちた生命ではなく、「恰好の判然しない何かの塊」という不気味さを湛《たた》えた存在として語られています。そこには結局大正という新しい時代が、どのような方向に動いていくのかもしれない未知の時代にすぎないという、希望的観測を取り去った漱石の現実的な眼差しが込められています。

そして『道草』が自伝的な体裁を取って書かれているのは、遠からぬ死を予感した作者が、自身の過去を辿り直すという側面をはらみながら、同時にすでに終結した明治日本の軌跡をあらためて概括するという動機によっているでしょう。

それは『こゝろ』における動機でもありましたが、前作とは違って『道草』ではそれがあくまでも現実的な認識に即す形で試みられています。その際に力点を置かれているのは、主人公健三の生の起点の曖昧さです。

彼は漱石自身がそうであるように、幼時に島田の家に養子に出され、他人である人間を自分の親として育っています。彼の実家への言及はほとんど姿を見せず、「幼時の記憶が続々湧いて来る事があつた」にもかかわらず、その光景のなかには「必ず帽子を被らない男」すなわち島田の姿が揺曳《ようえい》しているのでした。

にもかかわらず、「斯《こ》んな光景をよく覚えてゐる癖に、何故自分の有《も》つてゐたその頃の心が想ひ出せないのだらう」という、自身の生の起点が空白化している感覚を健三は抱いています。その結果健三は「然し今の自分は何《ど》うして出来上つたのだらう」という、自身の存在の希薄さを実感しますが、この感慨における「自分」が「日本」に容易に置き換えられることは明らかでしょう。

『文学論ノート』の考察においても、近代の日本が、江戸時代からの延長として存在するのではなく、薩長の倒幕勢力による「方向転換」によってようやく西洋を追随する位置に辿り着いたという認識が語られています。近代日本が前時代からの円滑な連続性のなかに生まれておらず、西洋列強の恫喝的な接近を契機とする混乱と争闘を経て、外部からの脅威を凌ぐことを第一義としてやりくりしていった末に、気がつくと何とか形を整えるに至っていたと、漱石は考えているのです。

それゆえ、その近代の起点に遡行していくと、〈江戸〉の途絶と〈明治〉の開始が、有機的な接合もなく混在しているという、起源の曖昧さが浮かび上がってくるのであり、それが健三の空白感に託されているといえるでしょう。

第一次世界大戦と「叔父」たち

晩年の大正五年（一九一六）に書かれた「点頭録《てんとうろく》」には、外部世界を寓意的に表象しつづけた漱石の関心が、まとまった形で姿を現わしています。

前々年に日本も参戦していた第一次世界大戦を論じたこのエッセイには、「個人の場合でも唯喧嘩に強いのは自慢にならない。徒《いたず》らに他を傷《あや》める丈《だけ》である。国と国とも同じ事で、単に勝つ見込があるからと云つて、妄《みだ》りに干戈《かんか》を動かされては近所が迷惑する丈である」という記述が見られ、個人間の「喧嘩」を国同士の「喧嘩」の比喩とする漱石的着想があらためて現われています。

この表現は『坊っちゃん』（一九〇六）における「成程世界に戦争は絶えない訳だ。個人でも、とゞの詰りは腕力だ」という記述を想起させますが、漱石の世界における個人間の「腕力」をともなう対立が、つねに国同士の戦争を念頭に置いて描かれていることが分かります。

この「点頭録」では、軍国主義対個人主義という構図でドイツとイギリス・フランスの対立が把握されています。

「独逸《ドイツ》によつて代表された軍国主義が、多年英仏に於て培養された個人の自由を破壊し去るだらうかを観望してゐるのである」という視点でこの戦争の帰趨を眺める漱石の眼には、「独逸が真向に振り翳《かざ》してゐる軍国主義の勝利と見るより外に仕方がない」と記されるように、前者のしたたかさが強く印象づけられ、個人の自由を尊ぶ英仏の行き方が危機に晒されているという感慨が抱かれています。

興味深いのは、この二つを対置させる図式が、漱石自身が近代日本に見てきたものと同じだということでしょう。『こゝろ』に現われる「明治の精神」自体が、個人の精神的自律と軍事力による自国の自立をともに志向する潮流を含んでおり、また男女関係において〈勝利〉を収める主人公たちは、日本における「軍国主義」の成果と照応するものでした。

現実には、国同士の戦争はいずれにしても相互の「軍国主義」のぶつかり合いにほかならず、〈軍国主義対個人主義〉といった構図で第一次世界大戦の本質を捉えようとするのは非現実的です。

イギリスは一九世紀末からドイツと海上での覇権を競っており、一九〇四年にフランスと英仏協商を、一九〇七年にロシアと英露協商を結んだのは、その維持をもくろんでのことでした。フランスにしても、ドイツの宣戦布告を受けて、議会はただちに挙国一致体制を取ることを決め、ドイツに対抗しようとしています。

おそらく漱石の念頭にあったものは、ドイツに仮託される形で、自国においても持続していくであろう「軍国主義」の根強い流れへの憂慮であり、それが「個人主義」が台頭してきた大正という時代においても支配的でありつづけるという見通しであったと思われます。

そして同年に書かれ、漱石の死によって未完に終わった『明暗』(一九一六)は、こうした状況を下敷きとしつつ、大正においても止むことのない「軍国主義」への批判を底流させた作品として展開しています。

この作品の主人公も、これまで同様に近代日本の寓意をはらんだ存在ですが、明治から大正への移行を写す形で、結婚後間もない若いサラリーマンに設定されています。津田という名前の彼は、結婚を考えていた清子《きよこ》という女性に突然去られ、お延《のぶ》という女性と見合いで結婚したものの、彼はなぜ清子が自分の元を去ったのか今でも訝《いぶか》しく思っています。

津田は重い痔疾を抱え、「根本的の治療」としての手術を受けた後、その後養生のために吉川という上司の夫人の勧めで温泉場に赴き、そこで清子に遭遇するという局面に至ったところで、物語は中絶しています。

この作品の設定における一つの特徴は、主人公夫婦がともに叔父に育てられ、今なお交わりがつづいているという人間関係です。『こゝろ』がそうであったように、漱石の作品における〈叔父〉は、主人公の面倒を見ながらも裏切ってしまう存在として現われがちでした。『門』（一九一〇）の宗助の叔父にしても、父の財産を自分の事業のために流用するような人物として語られています。

その造形の起点にあるものは、信頼していたドイツとフランスに背を向けられ、ロシアとともに遼東半島の返還を要求された日清戦争後の三国干渉であったでしょう。実際、イギリスを含めてこうした国々は、〈父〉としての江戸時代に代わって、日本の近代化の導き手となった〈叔父〉的な存在でした。その叔父たちと主人公夫婦が親しい関係を保持しているのは、日本が参戦した第一次世界大戦における構図と共鳴しています。

第一次世界大戦は、イギリス・フランス・ロシアの連合国とドイツが対峙する形で展開していきますが、日本は日英同盟によって、支那海域におけるイギリス船舶の保護を求めたイギリスの要請に応じる形で、青島に出兵し、連合国の一員としてドイツ軍と戦うことになりました。

すなわちこれまで対立関係に置かれがちであった西洋列強と日本は連携することになったわけで、それが『明暗』における主人公夫婦と叔父たちの関係に写し出されています。

津田を温泉場に行かせた吉川夫人も叔父に準ずる役柄で、日本軍を青島に行かせる契機となったイギリスに相当します。それを示唆するように、彼女は漢字で表記されたイギリスの国名である「英吉利」の一字が名前に付与されています。したがって津田にとっての藤井、お延にとっての岡本はフランス・ロシアに相当する人物であるといえるでしょう。

『明暗』と「夢」のつづき

こうした、三国干渉時とは様変わりした構図のなかに日本が置かれることになった反面、ドイツと対峙する関係は反復されたために、約二〇年前の出来事を日本人に想起させることになりました。

大正三年（一九一四）八月十八日の「東京朝日新聞」には「憶起《おもい》す遼東還附調印の光景」

と題された記事が載り、「血を以て贏《か》ち得たる遼東半島は三国干渉の結果遂に清国に還附した。我国民の怨恨隠忍茲《ここ》に二十年今や正に独逸《ドイツ》に対する恩返しの時が来た」という意気込みが記されています。

見逃せないのは、このドイツに対する三国干渉の意趣返し的な構図が、『明暗』の主人公津田に託されていることです。彼が清子に突然去られた出来事は、すなわち三国干渉による「遼東還附」の暗喩であり、そのため清子には「清国」につながる名前が与えられています。

そして吉川夫人に清子がいることを知らされている温泉場に赴くことは、青島への出兵に相当する展開となりますが、この軍事行動が二〇年前の出来事を想起させる契機となったように、津田も温泉場へと向かいつつ、過去へと意識を遡行させています。

「おれは今この夢みたやうなものゝ続きを辿らうとしてゐる。東京を立つ前から、もつと几帳面《きちようめん》に云へば、吉川夫人に此《この》温泉行を勧められない前から、いやもつと深く突き込んで云へば、お延と結婚する前から、――それでもまだ云ひ足りない、実は突然清子に脊中を向けられた其刹那《そのせつな》から、自分はもう既にこの夢みたやうなものに祟られてゐるのだ。（以下略）」

これはまさに、三国干渉以降の日本の進み行きを物語るものとして読み替えられる一節でしょう。

すなわち日本は「突然清子に脊中を向けられた其刹那」つまり「遼東還附」を強いられた時点から、西洋列強に意趣返しをするという「夢みたやうなものに祟られ」つつ、軍事力の強化に励み、日露戦争の勝利によって一旦それをロシアに対して果たしたものの、さらに第一次世界大戦への参戦によって、今度はドイツを相手としてその「続きを辿らうと」することになりました。

ここには西洋諸国と拮抗しうる軍事力によって国力を拡張するという、明治以降の日本の方向性を、「夢みたやうなもの」として相対化する漱石の眼差しが浮かび上がっています。その点で『こゝろ』の先生の二重性をはらんだ造形に込められた、日本の変容への期待は、『明暗』で御破算にされることになったといえるでしょう。

先生が学生時代には金と物の「専有」を第一義に考える物質主義的な生き方を取り、それによって「御嬢さん」の獲得を果たしたものの、Kの自殺という悲劇を生みだしたことを契機として、それ以降はむしろ自己抹殺的な生き方を自分に課してきたのは、それまでの自己のあり方に対する自己批判の産物でした。

そこに日本が帝国主義的な方向性を転換することへの期待が込められていましたが、結局それが虚しかったことが分かることで、『明暗』の主人公津田は、かつての先生がそうであったような、虚栄心の強い物質主義者として描き出されています。

そして津田のそうした生き方を批判する役柄として現われるのが、小林というプロレタリアート的な人物で、彼はこれまでの〈平岡—安井—K〉という系譜を引き継ぐ、主人公を〈脅かす〉存在です。しかも、ここでも小林は「朝鮮へ行く」人間として位置づけられており、Kと同じく「K」の頭文字をもつことにも示唆されるように、彼らの背後にあった〈韓国（朝鮮）〉の文脈を担っています。

『明暗』は漱石の死によって中絶に終わったために、津田と清子及びお延の行方は不明ですが、清子が「清国」の寓意である限り、彼女とあらためて結ばれるということはありえません。水村美苗《みずむらみなえ》は中絶後を受け継いで書いた小説『續明暗』（一九九〇）で、お延が温泉場に赴き、清子との関係を知って絶望し、滝に身を投げようとするものの思いとどまるという筋を与えていますが、津田が彼女と何らかの〈別れ〉を迎えるという展開は十分ありうると思われます。

忘れてはならないのは、津田が重い痔疾を抱えながら、「根本的の手術」によって治癒の可能性が与えられていたことです。日本の現況に批判的な眼を向けながら、未来への展望をもとうとしていた漱石の想像力は、植民地の表象である彼女たちをすべて失うことによって、津田が、すなわち近代日本が「根本的」な〈変容〉を遂げる可能性を描こうとしていたのかもしれません。

第８章　「心」のつながりと「物語」への期待〔春樹〕

『アフターダーク』『１Ｑ８４』

〈目覚め〉への期待

夏目漱石がしばしば未来から現在を相対化しようとしていたのに対して、村上春樹は自身の起点である六〇年代末の情念的昂揚の時代へと眼差しを遡行させていきがちでした。それは作家の個人的な関心によるだけでなく、その背景には、未来の変容を、とくに肯定的な形で予見しがたい現代の状況があるでしょう。

近未来を時間的舞台とする『世界の終りとハードボイルド・ワンダーランド』（一九八五）においても、「私」が計算士として用いる脳を使って数的情報を暗号化するという手法は現実のものではありませんが、そこで進行している情報戦争は現代社会の延長線上にあります。

それに対して、第4章で言及した『アフターダーク』(二〇〇四)は春樹の作品のなかでは、未来の変化への期待が盛り込まれた数少ない作品です。

マリという女子大生が、日本人の客に暴行された中国人娼婦と接触することをきっかけとして物語が展開していくこの作品では、マリと対照的に数カ月間も眠りつづけている彼女の姉であるエリの姿の描出が差し挟まれていましたが、物語は眠りつづけるエリの身体にかすかな変化が生じるところで閉じられています。

人びとが寝静まった深夜に目覚めているマリと、昼夜を問わず眠りつづけているエリの対比が意味するものは明瞭です。

自身が受けたいじめという暴力を、中国人のための学校に移ることで回避したマリは、それ以来中国に興味をもちつづけ、大学でも中国語を学んでいますが、彼女が中国人娼婦に示す共感と同情は、やはり作者の内にある〈中国〉への関心を写し取っています。

したがって、この娼婦に暴行を加えたコンピューター技術者の白川という男は、高度な産業技術を達成した近代日本の寓意となり、眠りつづけるエリは、白川が自身の暴行に対して負い目を感じていないように、隣国への暴力の歴史に対して〈眠り〉つづける大多数の日本人の意識を暗喩する存在として見なされます。

物語の最後に起こるエリのかすかな変化について、語り手である「私たち」は「今の震えは、来るべき何かのささやかな胎動であるのかもしれない。あるいはささやかな胎動の、そのまたささやかな予兆であるのかもしれない」と意味づけています。

作品の寓意的な構図と照らし合わせれば、この「ささやかな胎動」あるいはその「ささやかな予兆」とは、日本人全体が近代の歴史におけるアジアへの暴力の系譜に覚醒し、それを自覚しつつ新しい関係性を構築することに歩み出すことへの可能性を示唆しているでしょう。

この作品の語り手が「私たち」という複数一人称であることは、日本と中国をはじめとするアジア諸国との関係性が、日本人の総体的な次元で担われるべき問題であることを示唆しています。そして、この作品の叙述が通例の過去形ではなく現在形を連ねる形でなされているのは、それと呼応しつつ、その問題が今なお進行中のものであり、決着がつけられていないことを暗示しています。

『アフターダーク』において見逃せないのは、こうしたアジアへの暴力という主題が、ジェンダーの問題と重ね合わせられていることです。

この作品に登場するのは女性が中心であり、中国人娼婦が暴行された空間であるラブホテルの従業員として登場する三人もいずれも女性です。章の初めに時間が提示されつつ、深夜に出来事が進行していくのは、エリや彼女たちが生きているのが、社会の表舞台が展開される〈昼〉の裏側の世界であることを物語っていますが、この〈昼―夜〉の対照性はやはり〈男―女〉の対照性と呼応しています。

この図式は短編の『眠り』（一九八九）にも見られるもので、一七日間も眠れない状態に陥った女性である語り手の「私」は、その時間を読書に注ぎ込み、『アンナ・カレーニナ』のような長篇小説を読破していきながら、「私は人生を拡大しているのだ」（傍点原文）という感慨を覚えます。

いいかえればそれは、歯医者の夫をもつ専業主婦という場所に閉ざされてきた彼女の生が、夜の世界を生きることでようやく自身の領域を獲得する実感を得たということでもあります。

そこでは〈男―女〉の対照性が〈主―従〉の位階性をはらんできた歴史が下敷きにされており、その位階性が『アフターダーク』ではさらに〈日本―中国（アジア）〉という、明治から太平洋戦争に至る侵略行為がもたらした国家間の〈主―従〉関係と重ねられています。エリが中国に親しみをもち、暴行された中国人娼婦に共感を抱くのはそのことの現われです。

『ダンス・ダンス・ダンス』の続編としての『1Q84』

つまり、村上春樹のなかには現代社会においてなお、女性が男性中心社会の抑圧を蒙《こうむ》りつつ生きているという認識があることがうかがわれます。

それは春樹が示すようになる、モダン回帰的な問題性から派生してくるものですが、この女性への暴力を伴う抑圧というモダン的な主題をひとつの基軸として成り立っている作品が、二〇〇九年から翌年にかけて発表された『1Q84』（BOOK1～BOOK3、二〇〇九～一〇）です。

この作品は、それまでも繰り返し取られてきたように、二人の人物をめぐる物語が、章を交互にして別々に進んでいき、途中から両者の関係性が明瞭になっていくという手法によって書かれています。

物語の担い手となるのは、予備校で数学を教えるかたわら小説を書いている天吾《てんご》という青年と、スポーツ・インストラクターを務める一方で、女性を侵害する暴力を振るった男たちを小さなアイスピックで抹殺する役目を担う、青豆《あおまめ》という風変わりな名前をもつ女性です。

彼らは小学生の時に同級だったことがある男女で、一度だけ手を握り合った経験をもちますが、それ以来会う機会はないものの、互いに相手を心にとどめつつ生きてきたのでした。現在は隔たった地点に生きる二人の距離は次第に縮まっていき、「BOOK3」ではついに彼らは遭遇するに至ります。

二人を結びつける機縁となるのが、雑誌の文学賞に応募されてきた「空気さなぎ」という作品で、その作者は深田絵里子《ふかだえりこ》という、読み書きに障害のあるディスレクシアでありながら、異常に鋭敏な直感をもつ一七歳の少女でした。

実際には「空気さなぎ」は彼女自身が〈書いた〉のではなく、彼女が巫女《みこ》的に語る言葉を、保護者の娘であるアザミという少女が書き留めたものであることが後に分かります。この作品のユニークさを認めた編集者の小松が天吾に書き直させ、受賞にまで至る過程で、天吾は「ふかえり」と記されることになる深田絵里子と交わりを生じさせ、さらにそれが媒介となって青豆との接近が生み出されていきます。

隔たった地点に生きる者同士が、思いがけない機縁によって結びつけられていくという着想の先行作品として位置づけられるのは、一九八八年の『ダンス・ダンス・ダンス』です。『羊をめぐる冒険』（一九八二）の続編としての性格をもつこの長篇小説は、主人公の「僕」

が北海道を再訪するところから始まり、帰りの飛行機で東京まで同行することで知り合ったユキという少女の父である小説家の促しによってハワイに赴き、そこでかつての「耳のモデル」であるキキの影を見たように思います。そして帰国後、映画のスクリーン上で、そのキキが中学時代の同級生で俳優になっている五反田《ごたんだ》と共演しているのを目撃し、自分をめぐる様々な人物が「つながっている」ことを認識するに至ります。

五反田と再会した「僕」は、彼がキキと関係をもっていたことを聞かされ、彼女を介したつながりが二人の間にすでにあったことを知ります。さらに、五反田とキキが出ている映画を見たユキは、異常に鋭敏な直感力によって五反田が彼女を殺していることを明言し、それが事実であるらしいことが五反田自身によってほのめかされた後に、五反田は車ごと海に飛び込んで自殺してしまいます。

『ダンス・ダンス・ダンス』と『１Ｑ８４』は様々な点で近似した設定をもつ作品同士として眺められます。『１Ｑ８４』の天吾が小説を書きながら自立した職業作家ではないように、『ダンス・ダンス・ダンス』の「僕」はみずから「雪かき」と称するような雑文書きの仕事をジャーナリズムの片隅でしています。

また、天吾が青豆という、心にとどめながらも再会を予期していなかった女性とつながりを生じさせていくように、「僕」はキキや五反田という、距離のできてしまった人間との関わりを直接間接に復活させていきます。そしてその媒介となるのが、ふかえりとユキという、いずれも巫女的な直感力をもった一〇代の美少女です。

さらに『1Q84』の終盤で天吾と青豆が結ばれるように、『ダンス・ダンス・ダンス』でも「僕」は札幌の「ドルフィン・ホテル」の女性従業員と性交することになりますが、彼女も「ユミヨシ」という風変わりな名前の持ち主でした。この名前の風変わりさが話題とされていることも共通しています。

加えてこの二つの作品の時間的舞台も近似しています。『ダンス・ダンス・ダンス』の出来事が展開していくのは一九八三年で、『1Q84』の設定の前年に当たります。その点で『1Q84』は『ダンス・ダンス・ダンス』の〈続編〉として成り立っている面がありますが、両者の間にある二一年間の距離によって、近似した要素に込められる意味はかなり変容することになりました。

『ダンス・ダンス・ダンス』の背景をなしているのは、作中でも繰り返し強調されている「高度資本主義社会」であり、みすぼらしかったかつての「いるかホテル」が大規模な「ドルフィン・ホテル」へと姿を変えたのも、この土地を舞台とする投機的な不動産売買の結果でした。

「僕」はこの「高度資本主義社会」のシステム自体を否定してはおらず、「無駄というものは、高度資本主義社会における最大の美徳」であり、「みんなが無駄というものを一切生み出さなくなったら、大恐慌が起こって世界の経済は無茶苦茶になってしまうだろう」と考えています。彼がジャーナリズムの片隅に寄生して仕事をすることができるのもこの「無駄」の恩恵である以上、こうした状況を容認する姿勢を示すのは当然でしょう。

表題の「ダンス・ダンス・ダンス」とは、「無駄」な消費によって支えられる「高度資本主義社会」と歩調を合わせて〈踊り〉つづける生き方を含意していますが、こうしたイメージが、作品の発表当時に進行していった「バブル景気」を反映するものであることはいうまでもありません。

この作品が世に出た一九八八年は、まさに「バブル景気」という言葉が生まれた時期であり、八〇年代半ばに急速に進んだ円高による輸入コストの低下が企業の収益を増加させた反面、輸出規制の強化から国内市場にマネーが向かった結果、土地と株の高騰がもたらされました。作中で語られる「いるかホテル」から「ドルフィン・ホテル」への変貌もその一環として捉えられます。

もっとも作中の時間である一九八三年はまだこうした状況は本格化していませんでしたが、執筆時の意識に色付けされることによって、やや未来に引き寄せられる形の造形がなされています。

なぜいまロマン的な物語なのか

したがって「僕」が抱かされる、思いがけない人びとと「つながって」いくという感覚は、「高度資本主義社会」において拡大していく消費と情報のネットワークに重ねられるでしょう。

一方『1Q84』では、「バブル景気」終息後の日本の経済的停滞を反映するように、物質的過剰さを示す描出は現われません。ここで天吾と青豆を遭遇させるに至る〈つながり〉は、『ダンス・ダンス・ダンス』よりもはるかにロマン的な、人間の〈心〉の作用によるものです。

青豆は小学校時代に一度だけ手を握った相手である天吾を心にとどめつづけており、「私という存在の中心にあるのは愛だ。私は変わることなく天吾という十歳の少年のことを想い続ける」（傍点原文）という自覚をもっています。反面、彼女は性的な冒険家でもあり、行きずりの男性と性交することも一再ではありませんが、それについても「青豆が時々たまらなく男たちと寝たくなるのは、自分の中ではぐくんでいる天吾の存在を、可能な限り純粋に保っておきたいからかもしれない」と理由づけられています。

一方、天吾のなかには青豆が抱いているほど明確な彼女への思慕があるわけではないにもかかわらず、「何もすることがなく、ただぼんやりしているようなときに、自分が知らず知らず、その十歳の少女の姿を思い浮かべていることに気がついて、驚かされた」りするのであり、その際には「おれの心はあの女の子から離れることがどうしてもできないみたいだ」という感慨を覚えています。

彼らが経験する「1984年」から「1Q84年」への移行とは、すなわち隔たった地点に生きる、本来遭遇しえないはずの人間同士が、相互に抱いている相手への「想い」によってそれが可能となる世界に入っていくことにほかなりません。

青豆が殺害する相手となる教団「さきがけ」のリーダーであり、ふかえりの父でもある深田保《たもつ》は、超人的な洞察力の持ち主として現われていますが、彼は「1Q84年」に移行してしまったと感じる青豆の内面を忖度《そんたく》して、次のように述べています。

「（略）もし君が１９８４年にとどまっていれば、天吾くんがきみのことをずっと思い続けてきたという事実を、君が知ることはなかっただろう。こうして１Ｑ８４年に運ばれて来たからこそ、何はともあれ、君はその事実を知ることになった。君たちの心がある意味では結びあわされているという事実を」

（傍点引用者、第13章）

この深田の言葉には、作者が作品に込めたモチーフが現われているでしょう。「１９８４年」が、散文的な現実世界の論理が支配する世界であるのに対して、「１Ｑ８４年」とは、「心」が媒介となって人間同士の結びつきをもたらしうるロマン主義的な世界です。

その点で、不透明な「心」をもたないことによって、主人公がポストモダン的な情報社会を生きていくことができた『世界の終りとハードボイルド・ワンダーランド』（一九八五）の「ハードボイルド・ワンダーランド」の世界を裏返した地点に『１Ｑ８４』が成り立っているといえます。そして『世界の終りとハードボイルド・ワンダーランド』がポストモダン批判を底流させていたことを踏まえても、『１Ｑ８４』が春樹のモダン回帰の方向性を強く打ち出した作品であることが見て取れます。

つまり、この作品の舞台は一九六〇年代ではないにもかかわらず、そこには春樹が青年期に経験した六〇年代末のロマン的・情念的な連帯への愛着がはらまれており、それが天吾と青豆を結びつける力として働いていると考えられるのです。

確かに天吾と青豆は男女の異質な性を分けもっており、「ＢＯＯＫ３」の終盤では性交するに至りますが、青豆が長くソフトボールの中心選手として活躍し、現在もスポーツ・インストラクターであり、また男の命を奪う刺客でもあるという、〈マッチョ〉な輪郭を付与されていることは見逃せません。身体的にも彼女は背が高く、反面胸が乏しいことを嘆いているという男性的な特徴を強く備えています。

また、二人の人物が別個の物語を担っていくという、春樹が繰り返し取る物語の形において、その二人は三部作における〈「僕」―鼠〉や『海辺のカフカ』（二〇〇二）における〈カフカ少年―ナカタさん〉のように、分身関係にある男性同士であることがつねでした。

その系譜と青豆に付与された輪郭を念頭に置けば、天吾と青豆は比喩的には〈男同士〉の関係にあり、三部作で葬られ、『世界の終りとハードボイルド・ワンダーランド』で別れを告げた分身的存在を呼び戻し、主人公と合一させる物語が『１Ｑ８４』なのだともいえるでしょう。

それはまぎれもなく春樹の世界にせり上がってきたモダン回帰のひとつの形です。そしてそれが『海辺のカフカ』などと同様に、この作品でも〈遊び〉を伴いつつ表現されていると見ることができます。

天吾と青豆が「1984年」から「1Q84年」に移行したしるしとして、彼らはともに二つの月が並んで空にかかっているのを見るようになりますが、「月」という漢字を二つ並べれば「朋」という字になり、彼らの間に本来〈朋友〉的な関係がはらまれていることを示唆しているとも受け取れます。

さらに、ロマン的な「心」の指標である「Q」は、コンピューターの付属物である「マウス」の形を思わせますが、「マウス」はもちろん「鼠」であり、彼らが入っていったのが、三部作の鼠が生きようとしていた、ロマン的な情念が支配する世界であることがほのめかされているともいえるでしょう。

『1Q84』と『1984年』の関係とは

天吾と青豆が互いを求める行動が、象徴的には失われた分身を呼び戻し、それと合一しようとする行動であったとしても、それが性愛に集約されるエロス性と無縁であるとはいえません。

ここにはいわば、プラトンの『饗宴』でアリストパネスが語るエロス的欲求の寓話が物語化されているといえるでしょう。

アリストパネスは、人間がかつては二つの顔と四本ずつの手足をもち、回転しながら地上を移動していたのが、ゼウスによって二つに切断されて以来、失われた自分の半身を求め、それと一体化しようとするエロス的衝動に動かされることになったと語っていました。そして、この合一すべき相手は異性に限定されず、同性でもありえるのであり、その点でエロス的欲求とはすべからく、自己の欠如を埋めようとする意欲であることになります。それゆえエロスは美しい神ではなく、欠如体としての〈醜い神〉として描かれるのでした。

『1Q84』の天吾と青豆は、それぞれ性的なパートナーを欠いているわけではないものの、それはあくまでも生理的欲求としての性欲を満たす交わりでしかないことが示されています。彼らはその内奥に欠如感、空白感を抱えている点ですでに〈エロス的〉存在であり、それを埋める相手として次第に明確化されてくる存在が、青豆にとっての天吾、天吾にとっての青豆でした。

それは『1973年のピンボール』の「僕」が翻訳の仕事で物質的な満足をある程度得ながら、癒しがたい内面の空白感を感知し、それを「スペースシップ」というピンボール・マシーンとの出会いによって埋めようとする展開と近似しています。そしてこの作品で「僕」が出会おうとする「スペースシップ」も直子の面影を湛えた六〇年代の残滓でした。『1Q84』を底流する、こうしたモダン回帰的な構図を強めている要素が、先に触れた女性への暴力という主題です。

両性具有的存在である青豆は、〈女性〉として同性に振るわれた暴力を許しがたく思うとともに、〈男性〉としてその暴力の主体を抹殺しようとします。彼女のこの職能は、この作品における暴力の位相を浮かび上がらせています。

女性に加えられた暴力を契機として物語が作動しているのは、『アフターダーク』においても同様でした。そこでは、この加害—被害の関係が同時に、日本がアジア諸国に対しておこなってきた政治的な暴力の関係を思い起こさせるものでした。

また、『ねじまき鳥クロニクル』（一九九四～九五）でノモンハン事件の挿話として語られ、主人公自身がのめり込んでしまう暴力は、人間がはらんだ他者性という主題を喚起するものでした。あるいは『世界の終りとハードボイルド・ワンダーランド』の「私」が、アパートに押し入った二人組に下腹を浅く切られる暴力を加えられるのは、彼を取り囲む情報戦争の過酷さの現われでした。

『１Ｑ８４』における暴力は、こうした先行作品と比べると、現代につながるポストモダン的な文脈をもたず、逆に女性が肉体的な力にまさる男性の支配下に置かれがちであったという、モダンないしプレモダン的な性格を帯びています。青豆が深田を抹殺しようとするのも、彼が教団の少女を犯し、子宮を破壊するという暴力を振るったからでした。

したがって、青豆と深田のやり取りで、深田自身によって語られる〈王殺し〉の神話も、それが重要な主題性を構成していた『海辺のカフカ』とは異質な意味をもつことになります。

第６章で述べたように、『海辺のカフカ』では、オイディプスへの予言を媒介させることで、カフカ少年にとっての〈父殺し〉が〈王殺し〉の比喩性を含み、それがナカタさんによって代行されることで、戦争の責任者としての天皇への否認へとつながっていきましたが、『１Ｑ８４』における深田の殺害には、そうした寓意的な拡がりはありません。

ここでは〈王〉とはすなわち女性に身体的に超越する性としての〈男性〉のことであり、それゆえ深田は巨大で威圧的な肉塊として描き出されていました。彼が殺害された後に「さきがけ」が青豆に明確な反撃をおこなわず、逆にその死を隠蔽するような反応を示すのも、彼の存在が宗教的・政治的に支配的な巨大さをもっていなかったことを暗示しているでしょう。

その「さきがけ」の組織としての暴力の微温性は、『1Q84』の表題がおのずと連想させるジョージ・オーウェルの『1984年』とは異質な地平に成り立っていることを明らかにしています。この表題は、村上春樹がオーウェル的世界をどのように組み替えたのかという興味を喚起させますが、そうした期待をもって作品を読み始める読者は肩すかしを食らわされます。

発表時から三五年未来に当たる一九八四年を舞台とする『1984年』の世界では、市民は「テレスクリーン」によって監視され、生活や思想・表現のすべてにわたって統制を加えられつつ生きています。

役人として歴史記録を改竄《かいざん》する仕事をおこなっている主人公が、その社会統制に疑問をもつことによって思想警察に捕らえられ、執拗な尋問と拷問によって徹底した自己破壊を強いられるという内容をもつこの作品は、『1Q84』でもふかえりの保護者である戎野《えびすの》によって、「スターリニズムを寓話化したもの」として言及されています。

けれども、ここで見たように『1Q84』における暴力は『1984年』におけるそれとは異質のものです。

『1984年』に描かれる監視社会のあり方は、むしろ第4章で取り上げた『羊をめぐる冒険』（一九八二）に目立たない形ではらまれていたもので、それを延長した地点で『1Q84』が書かれる可能性もあったでしょう。現に『アフターダーク』では資本主義社会における大量生産のシステムの端的な例としてフライド・チキンの製造過程が話題にされ、それに「ジョージ・オーウェル的」という表現が与えられていました。

「物語の力」への信奉

けれども、結果的に『1Q84』は、商品と情報が流通する資本主義社会のシステムに人びとを繰り込む、ポストモダン的な監視社会の非人間性をテーマとした作品とはなりませんでした。

その理由は、春樹の世界に次第にせり上がってくるモダン回帰の方向性であるとともに、社会システムに抗する装置としての「物語の力」に対する信奉であったと考えられます。その問題を考える上で重要なのが、この作品が発表された二〇〇九年の二月にイスラエルでおこなわれた、エルサレム賞の受賞スピーチです。

ここで春樹は小説家の役割が「個人の魂の尊厳を浮かび上がらせ、それに光を当てる」ことにあり、「人間の魂がシステムの網に絡め取られ、それにおとしめられない」ための手立てとして「物語」が存在するということを強調していました。

その一〇年以上前におこなわれた河合隼雄との対談でも、「デタッチメント、アフォリズムという部分を、だんだん「物語」に置き換えていった」(『村上春樹、河合隼雄に会いにいく』岩波書店、一九九五)と語られていたように、春樹にとって物語とは、外界との距離を埋め、そこからの脅威に対する防壁をなす装置にほかなりません。

イスラエルでのスピーチではさらにそれにつづけて「生と死の物語を書き、愛の物語を書き、人を泣かせ、人を怯《おび》えさせ、人を笑わせることによって、個々の魂のかけがえのなさを明らかにしようと試みつづけること、それが小説家の仕事です」と語られていました。

見逃せないのは、『1Q84』がまさに「生と死の物語」「愛の物語」として成り立っていることです。この作品は天吾と青豆の「愛の物語」が軸をなすとともに、後で見るように天吾の父の死にゆく姿が描かれ、また天吾とふかえりの性交の結果、青豆が妊娠するという不思議な成り行きが語られます。その点で確かに「生と死」の主題が一方で盛り込まれています。

そうした内容が読み手を「泣かせ」「怯えさせ」「笑わせる」効果をもたらしたかどうかは

別として、少なくとも作者が物語の機能として抱いている要件を満たす形でこの作品が成り立っていることは否定できません。

その結果、この作品はいわば〈物語論としての物語〉としての性格をもつことになりました。主人公の一人である天吾にしても、小説を書くことを主要な営みとしており、ふかえりによってその原型がもたらされた「空気さなぎ」を、読むに耐える小説作品として書き直していく経緯が、前半の中心的な内容を構成しています。

そして本来出会えないはずの人間同士が、「心」のつながりによって交わりを生じさせるというこの作品の主題は、天吾とふかえりの間にも見出されます。天吾は文学賞に応募されてきた「空気さなぎ」を読むことで、その表現の核心となるものを探りつつ、それに物語としての彩りを加えていきますが、それは〈作者〉であるふかえりの内面に遡行しつつ、彼女との絆を作りだす行為にほかなりません。

青豆が『１Ｑ８４』の世界に移行することが、「天吾の立ち上げた物語の中に入ることになる」ことと等価であると感じるように、天吾が「空気さなぎ」を書き直すことはすなわち彼が〈ふかえりの立ち上げた物語の中〉に入ることに相当します。

その意味では『１Ｑ８４』は、「空気さなぎ」という物語を介して〈ふかえり―天吾―青豆〉という三人が連繫《れんけい》していく物語であり、この作品に込められた「心」ないし「魂」の在り処としての物語という主題と明確に照応しています。天吾とふかえりの性交によって青豆が妊娠するという成り行きも、この〈つながり〉を前提とするとともに、それを強調する展開であることは明瞭でしょう。

文学作品の生成の寓話

『1Q84』を貫く〈物語論としての物語〉の性格はそれだけでなく、ふかえりと天吾の共同作業として成り立った、「空気さなぎ」という作品の内容自体にも託されています。

深田を殺害した後、教団の追跡を逃れるために隠れ住むことになったマンションの部屋で、青豆がこの作品を読むという形でその内容が詳しく紹介されていきますが、それはふかえりが身を置いていた「さきがけ」を思わせる「集まり」のなかで暮らす主人公の少女が、飼われていた山羊を死なせたことをきっかけとして、その後の展開を目撃していく物語でした。

死んだ山羊の口からは「リトル・ピープル」と称される小さな人間たちが現われ、空気の中から糸を紡《つむ》ぎ出すようにして「空気さなぎ」を作っていき、一メートルを超える大きさになった時、少女はその中に自分とうり二つの分身が入っていることを見出します。「リトル・ピープル」たちはそれが彼女の「ドウタ」であり、彼女自身はその「マザ」であると告げます。

その後少女は「集まり」を脱して、父親の友人の家に身を寄せ、中学校の時に一人の男の子と仲良くなるものの彼もやがて少女の元を離れていくという、ふかえり・天吾・青豆の三人の身の上を思わせる物語が展開していきますが、内容の中心はやはり「リトル・ピープル」という不思議な存在が「空気さなぎ」を作っていく営為にあります。

この「リトル・ピープル」は当然オーウェルの『1984年』における「ビッグ・ブラザー」との対比関係を想起させるものの、その意味づけはまったく異質です。「ビッグ・ブラザー」が、監視社会の根幹にある権力装置の比喩であるのに対して、「リトル・ピープル」は個人を抑圧する権力とも、人間を超越する神とも異なるものです。

確かに深田が青豆に対していう、自分が「リトル・ピープル」の声を聴く「レシヴァ」であるという表現は、「リトル・ピープル」が〈神〉としての位相を占める存在であることを示唆しているようにも見えます。けれども、この作品における「リトル・ピープル」の含意は限定的ではなく、保護者の戎野が「リトル・ピープルは目に見えない存在だ。それが善きものか悪しきものか、実体があるのかないのか、それすら我々にはわからない」と語るように、それが人間にどのような力を及ぼす存在であるのかが明確にされていません。

むしろ作品に提示されている彼らの職能は、超越的な位置から人間世界を支配することではなく、死んだ者の不在を埋めるように「空気さなぎ」を作り、何者かの分身である「ドウタ」をそこに込めることにあります。もっとも、それは物語としての「空気さなぎ」に語られる内容ですが、青豆が読後感として抱くように、それは作者の少女が「身をもってくぐり抜けてきた紛れもない現実」として受け取られます。

現に「BOOK3」で天吾・青豆とともに、彼らを追跡する中心人物として登場する牛河《うしかわ》が、青豆の仲間であるタマルに殺された後、彼の口からは「リトル・ピープル」が現われ、「空気さなぎ」を作り始めます。また「リトル・ピープル」は姿を現わさないものの、天吾の父が死んだ後のベッドに、天吾は「空気さなぎ」が生まれ、そのなかに一〇歳の少女としての青豆がはらまれているのを目撃するのでした。

「空気さなぎ」に語られる「リトル・ピープル」の様相が示すものは、明らかに文学作品の生成の寓話です。作家はしばしば〈死んだ者〉すなわち過去の人物や出来事を素材として、そこから紡ぎ出された糸を縒《よ》るようにして小説や戯曲を作り出し、そこに自己の分身を込めます。

したがって「リトル・ピープル」とはこの次元においては、作品を構成する言葉ないしそこにはらまれた〈言霊《ことだま》〉のことにほかなりません。だからこそ戎野は「リトル・ピープル」を「目に見えない存在」だといったのであり、天吾はふかえりの語った物語を書き直すことで、そこに込められた「魂」に感応していくのでした。

深田が自身を見立てる「レシヴァ」とふかえりに想定される「パシヴァ」の関係も、作品創造の原理を示唆しています。

ふかえりはディスレクシアであるにもかかわらず、「空気さなぎ」の主体であり、彼女が「パシヴァ」として知覚した物語の原型を、一次的には戎野の娘であるアザミが、二次的には天吾が「レシヴァ」として受け取り、具体的な作品として形象化していきます。

この作品における最大の「レシヴァ」は天吾であり、彼の職能を深田に聞かされた青豆も「私はつまり、天吾くんの物語を語る能力によって、あなたの言葉を借りるならレシヴァとしての力によって、１Ｑ８４年という別の世界に運び込まれたというのですか？」という問いを発し、深田はそれを肯定しています。

ふかえりと天吾を軸とする「パシヴァ」と「レシヴァ」の関係は、モチーフとしての素材を見出した作家が、それを小説作品として練り上げていく経緯の比喩として見なされます。もちろん多くの場合一人の作家が両者を兼ねることになりますが、外的な存在が「パシヴァ」とされることも珍しくありません。

たとえば三島由紀夫の『金閣寺』(一九五六)における「パシヴァ」は金閣に火を放った吃音《きつおん》の青年僧林養賢《はやしようけん》であり、その行為と言葉を三島が「レシヴァ」として受け取り、一編の小説作品を仕立てています。村上春樹自身は現実の人物や事件を「パシヴァ」とすることはあまりありませんが、地下鉄サリン事件を引き起こした麻原彰晃《あさはらしょうこう》の存在は、やはりそれ以降の作品に「パシヴァ」として機能しているといえるでしょう。

春樹は「国民作家」であることをやめるのか

『1Q84』が〈物語論としての物語〉としての性格をもち、それに応じて「リトル・ピープル」も監視社会の手先ではなく、物語を織り上げる〈言霊〉的な色合いを帯びることになったことの背景には、春樹の物語観だけでなく、国語教師であった自身の父の死という個人的な事情があることが想定されます。

イスラエルでのスピーチでも、春樹はあえて一年前に九〇歳で死去した父に言及し、毎朝戦地で死んでいった人びとのために祈りを捧げる父の姿が語られていました。『1Q84』でも、NHKの集金人を務めていた天吾の父の死と、その後にもたらされる「空気さなぎ」の姿が描かれていましたが、あるいはそれは作家ではなかった父が言葉の世界に長らく携わった所産としてイメージされているのかもしれません。

ふかえりが愛好するという『平家物語』にしても、村上龍との対談（『ウォーク・ドント・ラン』一九八一）で春樹が「おやじがね、とくにぼくが小さいころにね、『枕草子』とか『平家物語』とかやらせるのね」と語った、父の遺物的な作品なのです。その点ではこの作品で変奏される〈つながり〉の主題は、死者との関わりという次元においても成り立ち、むしろそれが動機の大きな部分をなしているとも見られます。

興味深いのは、この死者との関わりも含む形で、はるかな隔たりのなかで生きる人間同士がつながっていくというロマン的な着想が、夏目漱石の世界にも見出されることです。それはとくに出発時の短編小説に見られる側面で、『倫敦塔《ロンドン》』（一九〇五）では、ロンドン塔を訪れた語り手が、そこで数百年前に処刑された王女や王子の姿を幻視するという形で彼らに接近していきます。

『趣味の遺伝』（一九〇六）は、それがさらに顕著な作品で、語り手の「余」が日露戦争で戦死した知人の「浩さん」の墓を詣でる美しい女を見たところから、彼女が浩さんの思い人であったのではないかと思うだけでなく、彼らの関係が、それぞれの祖先が情熱的な恋愛によって結ばれた者同士で、それが「遺伝」することでもたらされたのではないかという着想に捉えられ、その探索に奔走するという話が語られています。

探索の結果、「余」は自分の思いつきがどうやら当たっていたという確信を得るに至りますが、ロマン的な情念が時間と空間の両方を超えて人間を結びつけるという主題は、『1Q84』のはるかな先駆をなすといってもよいものです。

けれども漱石はこうしたロマン主義的な物語を次第に封印することになります。その契機となったものは明治四十年（一九〇七）の朝日新聞社入社で、〈ジャーナリスト〉としての自覚が高まることによって、本来漱石の内にあった外部世界の「真」を摑み取って表象するという方向性はより明確になっていきます。

それに伴うように、叙述の人称もそれまでの「吾輩」（『吾輩は猫である』一九〇五～〇六）、「おれ」（『坊つちやん』一九〇六）、「余」（『草枕』『趣味の遺伝』一九〇六）といった一人称から、三人称へと転換していきます。そこにも表象の基軸が「我」から「非我」へと移行していったことが認められるでしょう。

春樹においても、出発時からほとんどの作品で「僕」という一人称が用いられていたのが、『海辺のカフカ』や『１Ｑ８４』では三人称で書かれるようになります。けれども、その意味は漱石とはやや異なり、〈自己〉を起点としない物語としての自律性を重視するところから生まれているようです。

そして、その核心が人間の「心」に置かれることによって『１Ｑ８４』では、外部世界との交わりの側面がほとんど脱落することになりました。

確かに、深田保が率いる教団「さきがけ」は「オウム真理教」や「ヤマギシ会」といった現実の宗教的集団を強く想起させ、青豆の親が属していた「証人会」も「エホバの証人」を下敷きとしています。しかし、それらの宗教団体の姿よりもむしろ、それらを成立させている特異な価値観に基づく人間関係との差別化のなかで、『１Ｑ８４』における〈心のつながり〉のロマン性が際立たせられているといえるでしょう。

その点では、その比重のかけ方自体が春樹にとっては現実批判としての意味をもつのでしょうが、これまでの作品の系譜に盛り込まれてきた時代や歴史に対する批評性は希薄になっているといわざるをえません。

いわば春樹は、漱石が封印した方向性に向かおうとしているようにも見えます。それは春樹が「国民作家」としての位置を降り、〈ファンタジー〉の作家となってしまうことですが、父の死という個人的な事情に片がつけられた後は、再度時代社会と個人の関わりを物語化する地点に還ってくる可能性も考えられます。個人的にはそれを期待しつつ、今後の展開を見守っていきたいところです。

あとがき

村上春樹と夏目漱石は、いずれも私にとって論じるのはこれが最初ではなく、それぞれについて『中上健次と村上春樹――〈脱六〇年代的〉世界のゆくえ』（東京外国語大学出版会、二〇〇九）と『漱石のなかの〈帝国〉――「国民作家」と近代日本』（翰林書房、二〇〇六）という本を上梓しています。本書はそのエッセンス的な部分を抽出しつつ、近現代の日本を代表する作家である両者を結ぶものを浮かび上がらせようとする企図で書かれています。

本書を書くきっかけとなったのは、二〇一〇年十二月に勤め先の東京外国語大学で催されたシンポジウム「世界文学としての村上春樹」での発表「村上春樹と夏目漱石」で、そこでの発表内容も元にしつつ、より広い人びとの眼に触れることを願って本書をまとめるに至りました。春樹の最近作『１Ｑ８４』については、本書で論じるのが最初です。

春樹と漱石に対する把握は、基本的にそれぞれの前著と変わっておらず、彼らが単に人気のある作家というだけでなく、つねに自身が身を置く日本という国と社会を批判的に表現しつづけたゆえに、「国民作家」的な存在となったという共通性を前面に押し出しています。

これは自明のことのようにも見えますが、「はじめに」で述べたように、むしろどちらも社会に背を向けた個人主義者として捉えられる面が強かったように思われます。とくに漱石についていえることですが、そうした作家が「国民作家」として見なされるようになるはずがないので、ここでは日本という国とともに生きた側面を際立たせて両者を把握していきます。

また、本書では限られた分量のなかで、作者自身の言説と作品における表現の方向性との照合に比較的重きを置いて論じています。それは主に作品の把握、解釈に対する〈裏〉を取るためですが、痛感したのは作家が表現に向かう理念や姿勢を語る言葉は決して〈嘘〉ではないということです。

たとえば漱石が「創作家の態度」や「文芸の哲学的基礎」で述べる創作の理念は、確かに『坊つちやん』や『それから』や『こゝろ』に写し出されており、また春樹がエルサレム賞の受賞スピーチで述べる「物語」の理念は、同年に発表された『1Q84』にちゃんと盛り込まれていました。最初の章で引用した、アメリカでの対談で語った『風の歌を聴け』の完成に至る経緯などは、ほとんど〈ネタばらし〉の域でこの作品の構築のあり方を示唆していました。

もちろんそうした言説に合わせて二人の作品を読解していったということではなく、作品に対する把握がある程度固まった時点で作者自身が語っていることに眼を通すと、確かにそれが創作において実行されていることが分かり、読解に対する傍証として受け取られたということです。

一九七〇年代以降のテクスト論的解釈では、「作者の死」ということが提唱され、作者の存在抜きに作品を論じることが主流となっていきました。それ自体は正しい方法であることは否定しえませんが、作品を自律的なテクストとして読解していっても、結局その根元にある、社会や時代を捉える作者の意識へと遡行していくことになるのであり、作者の存在を切って捨てることはできないようです。

以前、創作行為における作者の存在を焦点化して論じた『〈作者〉をめぐる冒険——テクスト論を超えて』(新曜社、二〇〇四)という本のなかで、作者が作品の表象を方向付ける〈機能〉として存在している機構を、谷崎潤一郎と大江健三郎を中心として論じたことがあります。その考え方は現在も変わっておらず、今回漱石、春樹の作品と言説を通して確認することになりました。

それにしても、本書で述べたように、漱石と春樹の間に様々な共通項が見出されるのは興味深いことでした。時代の転換、アジアとの関わり、人間の抱えた空虚などに向かう意識と方法は、両者の間で重ねられる部分が強くあり、しかもそれが結構〈遊び〉を含んでおこなわれているのも共通していました。

もちろんそれらは近代における普遍的な問題性である以上、誰を取り上げても共通するのは当然だということにもなりますが、相対的な次元であれ、その重なりの強さは、やはり彼らが「国民作家」的な表現者であることを物語っていると思われました。

いわゆる研究書以外の本を出すのは私には初めてで、一般的な読者が手にとって読みやすいような論と文章を心がけたつもりですが、本書がここで描いた二人の優れた作家の世界に近づく手立てとなることを願っています。

本書における夏目漱石の引用については、『漱石全集』(岩波書店、一九九三〜九九)により、村上春樹の作品の引用については、それぞれ初出の単行本によっています。

《夏目漱石関連年表》

（カッコ内の数字は月数を表わす）

年	夏目漱石関連事項	社会の出来事
一八六七（慶応三）	二月 江戸牛込（現新宿区）に、父夏目小兵衛直克、母千枝の五男として生まれる。本名金之助。五男三女の末子であった。	明治天皇が即位し、王政復古の流れとなる（1）。パリで万国博覧会が開催される。
一八六八（慶応四・明治元）	〔一歳〕十一月 夏目家の書生をしたことのある塩原昌之助と妻やすの養子となる。	戊辰戦争が起こり、薩長軍と旧幕府軍が衝突する（1）。
一八七六（明治九）	〔九歳〕四月 養父母が離婚。塩原家在籍のまま夏目家に引き取られる。	
一八七八（明治十一）	〔一一歳〕二月 漢文調の論文「正成論」を回覧雑誌に発表。十月 東京府立第一中学校に入学。	自由民権運動が活発になる。大久保利通が暗殺される（5）。

一八八一（明治十四）	〔一四歳〕一月 実母千枝死去。第一中学を退学し、私立二松学舎に入学し、漢学を学ぶ。	板垣退助が自由党を結成する（10）。
一八八四（明治十七）	〔一七歳〕九月 大学予備門予科に入学。	華族令が公布され、華族制度が整えられる（7）。
一八八六（明治十九）	〔一九歳〕四月 大学予備門が第一高等中学校と改称された。七月 成績が下がった上に腹膜炎を患い、原級に留まる。	
一八八八（明治二十一）	〔二一歳〕一月 塩原家より夏目家に復籍。七月 一高予科を卒業。英文学を志し、本科一部（文科）に入学。	枢密院が設置され、憲法草案の審議をおこなう（4）。
一八八九（明治二十二）	〔二二歳〕一月 正岡子規を知る。八月 学友と房総を旅行し、紀行の漢詩文集『木屑《ぼくせつ》録』を書く。	大日本帝国憲法が発布される（2）。
一八九〇（明治二十三）	〔二三歳〕七月 第一高等学校本科を卒業、九月 帝国大学文科大学英文科に入学。	教育勅語が発布される（10）。

《夏目漱石関連年表》

一八九二（明治二十五）	〔二五歳〕四月 徴兵を免れるために分家し、北海道に移籍する（その後大正二年に東京市民に復帰している）。五月 東京専門校講師に就任。	
一八九三（明治二十六）	〔二六歳〕七月 文科大学英文科を卒業。引き続き大学院に在籍。十月 東京高等師範学校の英語教師に就任する。	
一八九四（明治二十七）	〔二七歳〕二月 初期の肺結核と診断される。厭世観に悩まされ、十二月から翌年一月にかけて鎌倉に参禅した。	日清戦争が始まる（8）。
一八九五（明治二十八）	〔二八歳〕四月 愛媛県尋常中学校（松山中学）教諭に就任。十二月 帰京し、貴族院書記官中根重一の長女鏡子と見合いをし、婚約する。	日清戦争が終わる。日本は下関講和条約（4）によって割譲された遼東半島をロシア・ドイツ・フランスの三国干渉によって失う（5）。朝鮮で閔妃殺害事件が起こる（10）。

一八九六（明治二十九）	〔二九歳〕四月 第五高等学校講師に就任し、熊本に赴く。六月 鏡子と挙式。七月 五高教授に昇任する。	
一九〇〇（明治三十三）	〔三三歳〕英語研究のための英国留学を命ぜられ、九月 横浜から出帆。十月 ロンドンに到着。大学の講義は受講せず、クレイグ博士より個人教授を受ける。	治安警察法が公布される（3）。日本を含む八カ国連合軍が義和団の乱を制圧し、北京を解放（8）。
一九〇一（明治三十四）	〔三四歳〕五月より二ヵ月間科学者の池田菊苗と同居する。池田との交わりで刺激を受け、『文学論』を企図する。	
一九〇二（明治三十五）	〔三五歳〕『文学論ノート』の執筆に取りかかる。秋頃神経衰弱が昂じ、発狂の噂が日本に伝わる。	日英同盟成る（2）。

《夏目漱石関連年表》

一九〇三（明治三十六）	〔三六歳〕一月 帰国。三月 第五高等学校を辞し、四月 第一高等学校講師に就任。同時に東京帝国大学英文科講師を兼任。九月より『文学論』の基となる「英文学概説」を開講する。秋以降再び神経衰弱が昂じる。	
一九〇四（明治三十七）	〔三七歳〕五月 新体詩「従軍行」「征露の歌」を『帝国文学』に発表。十二月 子規門下の文章会「山会」で初めての小説「吾輩は猫である」を朗読し、好評を博した。	日露戦争が始まる（2）。
一九〇五（明治三十八）	〔三八歳〕一月『吾輩は猫である』を『ホトトギス』に発表、好評のため、翌年八月まで連載した。次第に教員を辞して職業的な創作家になることを望むようになる。	日本海海戦（5）。ポーツマスで講和条約が結ばれるが、その内容を不満として日比谷焼打ち事件が起きる（9）。韓国統監府が設置され、伊藤博文が初代統監となる（12）。

一九〇六（明治三十九）	〔三九歳〕四月『坊っちゃん』（『ホトトギス』6）『漾《よう》虚《きょ》集』（大倉書店、5）。十月、弟子たちとの面会日を木曜日と定めた「木曜会」が発足する。	南満州鉄道会社（満鉄）が発足する（11）。
一九〇七（明治四十）	〔四〇歳〕四月 一切の教職を辞し、東京朝日新聞社に入社。『虞美人草』（「朝日新聞」6〜10）	株式相場が暴落し、戦後恐慌が始まる（1）。ソウルで第三次日韓協約調印、韓国を指導下に置いた（7）。
一九〇八（明治四十一）	〔四一歳〕『夢十夜』（「朝日新聞」7〜8）『三四郎』（「朝日新聞」9〜12）	韓国での反日義兵運動が頂点に達する。
一九〇九（明治四十二）	〔四二歳〕九月から十月にかけて満州、朝鮮を旅行し、十月から十二月にかけて『朝日新聞』に紀行『満韓ところ〴〵』を連載した。『それから』（「朝日新聞」6〜10）	ハルピンで伊藤博文が安重根に暗殺される（10）。
一九一〇（明治四十三）	〔四三歳〕八月 転地療養に出かけた静岡修善寺で病状が悪化し、大吐血をし、一時危篤状態に陥った。十月 帰京して入院治療をする。『門』（「朝日新聞」3〜6）	大逆事件が起こる（6）。幸徳秋水をはじめとして数百人が検挙され、幸徳ら二六名が大逆罪に問われる。日韓併合成る（8）。

《夏目漱石関連年表》

一九一一（明治四十四）	（四四歳）二月 文部省より文学博士号を贈られたが、固辞した。八月に関西に赴き、「道楽と職業」「現代日本の開化」「文芸と道徳」などを講演する。講演の後胃潰瘍が再発し、大阪で入院した。九月に帰京の後は痔を病み、通院生活をつづけた。	日米新通商航海条約が調印される（2）。翌年にかけて各国とも新条約が結ばれ、関税自主権がようやく確立された。中国で辛亥革命が起こる（10）。
一九一二（明治四十五・大正元）	（四五歳）九月 痔の手術を受ける。この頃から書や水彩画をたしなむようになる。『彼岸過迄』（「朝日新聞」1〜4）『行人』（「朝日新聞」12〜翌年11）	天皇機関説論争が起こる（3）。明治天皇が逝去（7）。大喪の日に乃木希典が妻とともに殉死した（9）。
一九一三（大正二）	（四六歳）一月 強度の神経衰弱に陥る。三月 胃潰瘍が再発し、五月まで病臥する。	桂内閣が倒れ、大正政変が起こる（2）。
一九一四（大正三）	（四七歳）九月 胃潰瘍で病臥する。十一月 学習院で講演「私の個人主義」をおこなう。『心』（『こゝろ』）「朝日新聞」4〜8）	シーメンス事件が起こる（1）。第一次世界大戦に参戦する（8）。

一九一五（大正四）	〔四八歳〕三月 京都に遊んだが、胃潰瘍で倒れる。『道草』（「朝日新聞」6～9）	対中国二一ヵ条条約を受諾させ、これに対して排日運動が起こる（1）。大正天皇が即位する（11）。
一九一六（大正五）	〔四九歳〕五月から『朝日新聞』に『明暗』の連載を始めるが、十一月 胃潰瘍で倒れ、十二月九日 大内出血により死去した。	吉野作造が「民本主義」を唱え、大正デモクラシーの端緒となる（1）。

《村上春樹関連年表》

（カッコ内の数字は月数を表わす。なお紙数の都合で短編についてはそれを収めた短編集で代表させた。また翻訳の仕事については省略した）

年	村上春樹関連事項	社会の出来事
一九四九（昭和二十四）	一月十二日、京都市に生まれ、すぐに兵庫県西宮市に転居する。さらにその後まもなく芦屋市に転居し、一〇代の大半をこの地で過ごした。両親はともに国語の教師で、その影響もあって早くから読書に親しんだ。	下山事件が起きる（7）。三鷹事件が起きる（7）。松川事件が起きる（8）。湯川秀樹が日本人初のノーベル賞受賞（11）。
一九五五（昭和三十）	〔六歳〕西宮市立香櫨園小学校に入学。	
一九六一（昭和三十六）	〔一二歳〕芦屋市立精道中学校に入学。	
一九六四（昭和三十九）	〔一五歳〕兵庫県立神戸高等学校に入学。	東京オリンピック開催（10）。

一九六八（昭和四十三）	（一九歳）一年間の浪人生活を経て、早稲田大学第一文学部演劇科に入学。目白の元細川藩邸に建つ私立寮「和敬塾」で約半年過ごした後、練馬区の下宿に移る。	この時期アメリカがベトナム戦争に介入（一九六五年、北爆を開始）。川端康成がノーベル文学賞を受賞（10）。翌年にかけて各地の大学で学園紛争が激化する。
一九七一（昭和四十六）	（二二歳）高橋陽子と学生結婚し、一時、文京区の夫人の実家に住む。	
一九七四（昭和四十九）	（二五歳）国分寺にジャズ喫茶「ピーター・キャット」を開店する。	三菱重工ビル爆破事件（8）。経済が戦後初のマイナス成長となる。
一九七五（昭和五十）	（二六歳）早稲田大学第一文学部演劇科を卒業。卒業論文のテーマは「アメリカ映画における旅の思想」。	
一九七七（昭和五十二）	（二八歳）店を千駄ヶ谷に移転する。	日本赤軍が日航機をハイジャック（9）。
一九七九（昭和五十四）	（三〇歳）六月、「風の歌を聴け」で群像新人文学賞を受賞。『風の歌を聴け』（『群像』6→講談社、7）	三菱銀行猟銃人質事件（1）。

《村上春樹関連年表》

一九八〇（昭和五十五）	〔三一歳〕『１９７３年のピンボール』（『群像』３）	イラン・イラク戦争が起きる（８）。
一九八一（昭和五十六）	〔三二歳〕店を手放し、作家業に専念することになる。千葉県船橋市に転居。『ウォーク・ドント・ラン』（村上龍との対談集、講談社、７）	
一九八二（昭和五十七）	〔三三歳〕『羊をめぐる冒険』で野間文芸新人奨励賞を受賞。『羊をめぐる冒険』（『群像』８）	
一九八三（昭和五十八）	〔三四歳〕初めて海外旅行に。アテネ・マラソンのコースを独自に完走。ホノルル・マラソンに参加する。『中国行きのスロウ・ボート』（中央公論社、５）『カンガルー日和』（平凡社、９）	大韓航空機墜落事故（９）。

一九八四（昭和五十九）	〔三五歳〕十月、神奈川県藤沢市に転居。『波の絵、波の話』（写真集、写真は稲越功一、文藝春秋、3）『螢・納屋を焼く・その他の短編』（新潮社、7）『村上朝日堂』（安西水丸との共著、若林出版企画、7）	グリコ・森永事件が起きる（3）。
一九八五（昭和六十）	〔三六歳〕一月、渋谷区千駄ヶ谷に転居する。十月、『世界の終りとハードボイルド・ワンダーランド』で谷崎潤一郎賞を受賞。『世界の終りとハードボイルド・ワンダーランド』（新潮社、6）『回転木馬のデッド・ヒート』（講談社、10）	日航ジャンボ機墜落事故（8）。
一九八六（昭和六十一）	〔三七歳〕二月、神奈川県大磯町に転居する。十月、ローマ、ギリシャへ赴き、暮らし始める。『パン屋再襲撃』（文藝春秋、4）『村上朝日堂の逆襲』（朝日新聞社、6）	チェルノブイリ原発事故（4）。

《村上春樹関連年表》

一九八七（昭和六十二）	〔三八歳〕六月に一時帰国する。十月、国際アテネ平和マラソンに参加し、八九年までつづけた。『ノルウェイの森』〔講談社、9〕	国鉄が民営化される（4）。各地の地価が異常に高騰する。
一九八八（昭和六十三）	〔三九歳〕『ダンス・ダンス・ダンス』〔講談社、10〕	リクルート疑惑が起き、翌年事件に発展する。
一九八九（昭和六十四・平成元）	〔四〇歳〕『村上朝日堂はいほー!』〔文化出版局、5〕	昭和天皇が逝去し、平成に改元される（1）。坂本弁護士一家失踪事件が起きる（11）。
一九九〇（平成二）	〔四一歳〕二月から四月にかけて、青梅マラソンや小田原ハーフマラソンなどに参加する。五月から九一年七月にかけて『村上春樹全作品1979～1989』全八巻が講談社より刊行される。『TVピープル』〔文藝春秋、1〕	最高裁で永山則夫の死刑確定（5）。東西ドイツが統一される（10）。

一九九一（平成三）	（四二歳）一月、渡米し、プリンストン大学客員研究員となる。四月、ボストン・マラソンに参加。	湾岸戦争勃発（1）。ソ連が崩壊する（12）。
一九九二（平成四）	（四三歳）一月、プリンストン大学客員教授になる（九三年八月まで）。四月、ボストン・マラソンに参加。『国境の南、太陽の西』（講談社、10）	佐川献金疑惑が起きる。天皇が中国を訪問（10）。
一九九三（平成五）	（四四歳）七月、タフツ大学へ移籍（九五年五月まで在籍）。	細川連立内閣が発足、自民党一党支配が崩れる（8）。
一九九四（平成六）	（四五歳）四月、ボストン・マラソンに参加。六月、中国内蒙古、モンゴルを取材旅行。『やがて哀しき外国語』（講談社、3）『ねじまき鳥クロニクル』第1部・第2部（新潮社、4）	松本サリン事件（6）。大江健三郎がノーベル文学賞を受賞（10）。

《村上春樹関連年表》

一九九五（平成七）	（四六歳）三月、一時帰国し、地下鉄サリン事件のニュースに遭遇する。四月、ボストン・マラソンに参加。九月、神戸と芦屋で自作の朗読会をおこなう。『夜のくもざる』（平凡社、5）『ねじまき鳥クロニクル』第3部（新潮社、8）	阪神淡路大震災（1）。地下鉄サリン事件が起き（3）、オウム真理教が摘発される。
一九九六（平成八）	（四七歳）二月、『ねじまき鳥クロニクル』三部作で読売文学賞を受賞。『うずまき猫のみつけかた』（新潮社、5）『レキシントンの幽霊』（文藝春秋、11）『村上春樹、河合隼雄に会いにいく』（河合隼雄との対談集、岩波書店、12）	オウム真理教松本被告初公判（4）。
一九九七（平成九）	（四八歳）十一月、ニューヨーク・シティー・マラソンに参加。『アンダーグラウンド』（講談社、3）	神戸で児童連続殺傷事件が起きる（3〜6）。

一九九八（平成十）	（四九歳）四月、ホノルル15キロレース、ボストン・マラソンに参加。九月、村上国際トライアスロン大会参加。『辺境・近境』（新潮社、4）『約束された場所で――underground2』（文藝春秋、11）	参院選で自民党が大敗（7）。和歌山で毒物カレー事件（7）。
一九九九（平成十一）	（五〇歳）五月、『約束された場所で――underground2』で桑原武夫学芸賞を受賞。『スプートニクの恋人』（講談社、4）『もし僕らのことばがウイスキーであったなら』（平凡社、12）	ユーロが導入される（1）。東海村原発で臨界事故（9）。コンピューター二〇〇〇年問題騒動。
二〇〇〇（平成十二）	（五一歳）一月、大磯内にて転居。『神の子どもたちはみな踊る』（新潮社、2）『翻訳夜話』（柴田元幸との共著、文藝春秋、10）	
二〇〇一（平成十三）	（五二歳）『シドニー！』（文藝春秋、1）『ポートレイト・イン・ジャズ2』（和田誠との共著、新潮社、4）『村上ラヂオ』（マガジンハウス、6）	小泉純一郎政権発足（4）。アメリカで同時多発テロ（9）。

《村上春樹関連年表》

二〇〇二（平成十四）	（五三歳）『海辺のカフカ』（新潮社、9）	
二〇〇三（平成十五）	（五四歳）『少年カフカ』（新潮社、6）『翻訳夜話2　サリンジャー戦記』（柴田元幸との共著、文藝春秋、7）	米軍がイラクに侵攻（3）。自衛隊をイラクに派遣（12）。
二〇〇四（平成十六）	（五五歳）『アフターダーク』（講談社、9）	
二〇〇五（平成十七）	（五六歳）『ふしぎな図書館』（講談社、1）『象の消滅』（新潮社、3）『東京奇譚集』（新潮社、9）	靖国問題で日中間の対立が激化する。
二〇〇六（平成十八）	（五七歳）三月、フランツ・カフカ賞を、九月、フランク・オコナー賞を受賞。	自衛隊がイラクから撤収する（7）。

二〇〇七（平成十九）	〔五八歳〕一月、朝日賞を、九月、早稲田大学坪内逍遙大賞を受賞。リエージュ大学より名誉博士号を受ける。『走ることについて語るときに僕の語ること』（文藝春秋、10）	参院選で与野党が逆転する（7）。
二〇〇八（平成二十）	〔五九歳〕六月、プリンストン大学より名誉博士号を受ける。	第四四代米合衆国大統領にバラク・オバマが選出（11）。金融危機が世界を襲う。
二〇〇九（平成二十一）	〔六〇歳〕二月、エルサレム文学賞を受賞。『1Q84』（BOOK1、BOOK2 新潮社、5）	衆院選で自民党が大敗（8）。民主党政権が発足（9）。
二〇一〇（平成二十二）	〔六一歳〕『1Q84』（BOOK3 新潮社、4）『夢を見るために毎朝僕は目覚めるのです』（文藝春秋、9）	夏、各地で記録的な猛暑。

キリトリ線

★読者のみなさまにお願い

この本をお読みになって、どんな感想をお持ちでしょうか。祥伝社のホームページから書評をお送りいただけたら、ありがたく存じます。今後の企画の参考にさせていただきます。また、次ページの原稿用紙を切り取り、左記まで郵送していただいても結構です。

お寄せいただいた書評は、ご了解のうえ新聞・雑誌などを通じて紹介させていただくこともあります。採用の場合は、特製図書カードを差しあげます。

なお、ご記入いただいたお名前、ご住所、ご連絡先等は、書評紹介の事前了解、謝礼のお届け以外の目的で利用することはありません。また、それらの情報を6カ月を超えて保管することもありません。

〒101―8701（お手紙は郵便番号だけで届きます）
祥伝社新書編集部
電話03（3265）2310
祥伝社ホームページ http://www.shodensha.co.jp/bookreview/

★**本書の購入動機**（新聞名か雑誌名、あるいは○をつけてください）

＿＿＿新聞の広告を見て	＿＿＿誌の広告を見て	＿＿＿新聞の書評を見て	＿＿＿誌の書評を見て	書店で見かけて	知人のすすめで

★100字書評……村上春樹と夏目漱石

名前

住所

年齢

職業

柴田勝二　しばた・しょうじ

東京外国語大学大学院総合国際学研究院教授。博士（文学）。1956年生まれ。1986年、大阪大学文学研究科芸術学専攻単位取得退学。山口大学助教授、相愛大学助教授などを経て現職。専門分野は日本近代文学。著書に『中上健次と村上春樹』（東京外国語大学出版会）、『漱石のなかの〈帝国〉』（翰林書房）、『〈作者〉をめぐる冒険』（新曜社）、『三島由紀夫　魅せられる精神』（おうふう）など。明治・大正期から現代にいたる近代文学を幅広く研究・評論している。

村上春樹《むらかみはるき》と夏目漱石《なつめそうせき》

二人《ふたり》の国民作家《こくみんさつか》が描《えが》いた〈日本《にほん》〉

柴田《しばた》　勝二《しようじ》

2011年7月10日　初版第1刷発行

発行者……………竹内和芳
発行所……………祥伝社しょうでんしゃ
〒101-8701　東京都千代田区神田神保町3-3
電話　03(3265)2081(販売部)
電話　03(3265)2310(編集部)
電話　03(3265)3622(業務部)
ホームページ　http://www.shodensha.co.jp/

装丁者……………盛川和洋
印刷所……………堀内印刷
製本所……………ナショナル製本

Printed in Japan　ISBN978-4-396-11243-1　C0295

〈祥伝社新書〉
本当の「心」と向き合う本

076
早朝坐禅
凛《りん》とした生活のすすめ
坐禅、散歩、姿勢、呼吸……のある生活。人生を深める「身体作法」入門！
宗教学者 山折哲雄

183
般若心経入門
276文字が語る人生の知恵
永遠の名著、新装版。いま見つめなおすべき「色即是空」のこころ
松原泰道

197
釈尊のことば　法句経《ほっくきょう》入門
生前の釈尊のことばを423編のやさしい詩句にまとめた入門書を解説
松原泰道

204
観音経入門
悩み深き人のために
安らぎの心を与える「慈悲」の経典をやさしく解説
松原泰道

209
法華経《ほっけきょう》入門
七つの比喩にこめられた真実
膨大な全28章のエッセンスを「法華七喩」で解き明かす
松原泰道

〈祥伝社新書〉
話題騒然のベストセラー!

042
高校生が感動した「論語」
慶應高校の人気ナンバーワンだった教師が、名物授業を再現!
元慶應高校教諭 佐久 協《やすし》

188
歎《たん》異《に》抄《しょう》の謎《なぞ》
親鸞は本当は何を言いたかったのか?
親鸞をめぐって・「私訳 歎異抄」・原文・対談・関連書一覧
作家 五木寛之

190
発達障害に気づかない大人たち
ADHD・アスペルガー症候群・学習障害……全部まとめてこれ一冊でわかる!
福島学院大学教授 星野仁彦《よしひこ》

192
老後に本当はいくら必要か
高利回りの運用に手を出してはいけない。手元に1000万円もあればいい。
経営コンサルタント 津田倫男《みちお》

205
最強の人生指南書
佐藤一斎「言志四録」を読む
仕事、人づきあい、リーダーの条件……人生の指針を幕末の名著に学ぶ
明治大学教授 齋藤 孝